Je t'aime !

Titre original : *Private Peaceful*

© Édition originale publiée en Grande-Bretagne par Collins en 2003,
Collins est une filiale de HarperCollins Publishers Ltd
© Michael Morpurgo, 2003, pour le texte
© Éditions Gallimard Jeunesse, 2004, pour la traduction française
© Éditions Gallimard Jeunesse, 2010, pour la présente édition

Michael Morpurgo

Soldat
Peaceful

Traduit de l'anglais
par Diane Ménard

GALLIMARD JEUNESSE

*Avec mes remerciements à Piet Chielens
du Musée In Flanders Field d'Ypres*

À ma chère marraine, Mary Niven

Dix heures cinq

Ils sont partis à présent, et je suis enfin seul. J'ai la nuit entière devant moi, et je n'en perdrai pas le moindre instant. Je ne la gaspillerai pas à dormir, je ne la passerai pas à rêver. Il ne le faut pas, car chaque moment en sera beaucoup trop précieux.

Je veux essayer de me souvenir de tout, dans les moindres détails. J'ai presque dix-huit ans d'hiers et de demains, et ce soir je dois me rappeler le plus grand nombre de jours possible. Je veux que cette nuit soit longue, aussi longue que ma vie, et qu'elle ne soit pas remplie de rêves flottants qui me précipitent vers l'aube.

Cette nuit, plus que jamais dans ma vie, je veux me sentir vivant.

Charlie me tient par la main, et me tire, car il sait que je n'ai pas envie d'y aller. Je n'avais jamais porté de col, et il m'étouffe. Mes bottes à mes pieds me semblent étranges et lourdes. Mon cœur aussi est lourd, car je redoute l'endroit où je vais. Charlie m'a souvent dit à quel point cette école était horrible.

Il m'a parlé de Mr. Munnings, de ses colères, et de la longue canne accrochée au mur au-dessus de son bureau.

Big Joe n'a pas besoin d'aller à l'école, lui, et je trouve que ce n'est vraiment pas juste. Il est beaucoup plus âgé que moi. Il est même plus grand que Charlie, et il n'est jamais allé à l'école. Il reste à la maison avec notre mère. Il passe son temps dans son arbre à chanter la vieille chanson *Oranges et Citrons*, et à rigoler. Il est toujours heureux, toujours en train de rire. J'aimerais bien être aussi heureux que lui. J'aimerais bien rester à la maison comme lui. Je ne veux pas aller avec Charlie. Je ne veux pas aller à l'école.

Je regarde derrière moi, par-dessus mon épaule, espérant un sursis, espérant que ma mère va courir après moi et me ramener à la maison. Mais elle ne vient pas, elle ne vient jamais, et l'école, Mr. Munnings et sa canne s'approchent de plus en plus à chaque pas.

– Tu veux que je te prenne sur mon dos ? me propose Charlie.

Il voit mes yeux pleins de larmes et il sait ce que c'est. Charlie sait toujours ce que c'est. Il a trois ans de plus que moi, il a donc tout fait, et il sait tout. Il est fort aussi et il me porte bien sur son dos. Je saute et je me cramponne, en pleurant sous mes paupières closes, en essayant d'étouffer mes pleurs. Mais je ne peux pas retenir mes sanglots très longtemps, car je sais que ce matin ne marque pas le début de quoi que ce soit – qu'il n'y a rien de nouveau ni d'excitant comme le prétend ma mère – mais que c'est plutôt le début de la fin. Les bras autour de son cou, je me cramponne à Charlie, je sais que je vis mes derniers moments d'insouciance, que je ne serai plus le même lorsque je reviendrai à la maison cet après-midi.

J'ouvre les yeux et je vois une corneille morte pendue à une clôture, le bec ouvert. A-t-elle été tuée d'un coup de fusil, tuée en plein cri, alors qu'elle avait tout juste lancé les premières notes de son chant rauque ? Elle oscille, ses plumes toujours agitées par le vent, même dans la mort, sa famille et ses amis croassant de douleur et de colère du haut des grands ormes au-dessus de nous. Elle ne m'inspire pas de chagrin. C'est peut-être elle qui a emporté mon rouge-gorge et vidé son nid de ses œufs. Mes œufs. Il y en avait cinq, que je sentais vivants et tièdes sous mes doigts. Je me rappelle que je les avais sortis un par un du nid et que je les avais laissés au creux de ma main. Je voulais les mettre dans ma boîte, je voulais les vider comme le faisait Charlie, et les poser dans du coton avec mes œufs de merle. Je les aurais pris, mais quelque chose m'a retenu, m'a fait hésiter. Le rouge-gorge me regardait depuis le buisson de roses de mon père, de ses yeux noirs et perçants, fixes et suppliants.

Mon père était présent dans les yeux de cet oiseau. Sous le buisson de roses, profondément enfouis dans la terre humide et grouillante, il y avait tous les objets auxquels il tenait. Ma mère avait d'abord mis sa pipe. Puis Charlie avait ajouté ses bottes cloutées côte à côte, blotties l'une contre l'autre, comme si elles dormaient. Big Joe s'était agenouillé et avait recouvert les bottes d'une vieille écharpe de notre père.

– À ton tour, Tommo, avait dit ma mère.

Mais je ne pouvais m'y résoudre. Je tenais à la main les gants qu'il avait portés le matin où il était mort. Je me souvenais en avoir ramassé un. Je savais ce qu'eux-mêmes ignoraient et que je ne pourrais jamais leur raconter.

Finalement, c'est ma mère qui m'avait aidé, si bien que les gants de mon père reposent maintenant sur l'écharpe, les paumes vers le ciel, les pouces l'un contre l'autre. Ce jour-là, devant les œufs du rouge-gorge, j'ai senti que ces mains-là ne voulaient pas que je le fasse, elles voulaient que je réfléchisse, que je ne prenne pas les œufs, que je ne prenne pas ce qui ne m'appartenait pas. J'y ai donc renoncé. J'ai préféré les regarder grandir, j'ai vu les premiers mouvements de ces petits squelettes ébouriffés, le nid avec ces becs béants, avides et suppliants, j'ai entendu les pépiements aigus et frénétiques au moment où arrivait la nourriture. J'ai assisté trop tard depuis la fenêtre de ma chambre au dernier massacre du point du jour. Les parents rouges-gorges regardaient comme moi, désemparés, impuissants, tandis que les corneilles en maraude s'enfuyaient vers le ciel en croassant, leur meurtre accompli. Je n'aime pas les corneilles. Je ne les ai jamais aimées. Cette corneille suspendue à la clôture n'a eu que ce qu'elle méritait. Voilà ce que je pensais.

Charlie commence à trouver que la côte qui mène au village est difficile à monter. J'aperçois le clocher de l'église et, au-dessous, le toit de l'école. J'ai la bouche sèche de peur. Je me cramponne à mon frère.

– Le premier jour, c'est le pire, Tommo, me dit Charlie, la respiration haletante. C'est pas si terrible que ça. Je t'assure.

Chaque fois que Charlie me dit « Je t'assure », je sais que ce n'est pas vrai.

– De toute façon, je m'occuperai de toi.

Ah ça, je le crois, parce qu'il l'a toujours fait. Et effectivement il s'occupe de moi, il me dépose par terre et m'accompagne à travers la cour de l'école où retentit le tumulte des voix, sa main sur mon épaule pour me réconforter et me protéger.

La cloche de l'école sonne et nous nous alignons en deux rangs silencieux d'une vingtaine d'élèves chacun. Je reconnais certains d'entre eux que j'ai déjà vus au catéchisme. En regardant autour de moi, je m'aperçois que Charlie n'est plus là. Il est dans l'autre rang et m'adresse un clin d'œil. Je lui en renvoie un à mon tour et il éclate de rire. Je n'arrive pas à cligner d'un seul œil, pas encore. Charlie a toujours trouvé ça très drôle. Je vois alors Mr. Munnings. Debout sur le perron de l'école, il fait craquer ses jointures dans la cour devenue soudain silencieuse. Il a des touffes de barbe sur les joues et un gros ventre sous son gilet. Dans sa main, il tient une montre en or ouverte. Ce sont ses yeux qui sont effrayants et je sais qu'ils me cherchent.

– Ah, ah ! s'écrie-t-il en me montrant du doigt.

Tout le monde a tourné la tête pour me regarder.

– Un nouveau. Un nouveau qui ne fera qu'ajouter à mes misères et à mes tribulations. Un seul Peaceful[1] ne suffisait donc pas ? Qu'est-ce que j'ai fait pour en mériter un deuxième ? D'abord, un Charlie Peaceful et maintenant, un Thomas Peaceful. Mes malheurs ne connaîtront-ils jamais de fin ? Il y a une chose qu'il faut bien comprendre, Thomas Peaceful, c'est qu'ici, je suis ton seigneur et maître. Tu devras faire ce que je dis quand je le dis. Ne pas tricher, ne pas mentir, ne pas blasphémer. Ne jamais venir à l'école pieds nus. Avoir les mains toujours propres. Tels sont mes commandements. Ai-je été bien clair ?

– Oui, monsieur, je murmure, surpris de trouver encore un filet de voix.

Nous défilons devant lui, les mains derrière le dos. Charlie me sourit tandis que nos deux rangs se séparent : les « Petits » dans ma classe, les « Grands »

1. *Peaceful* signifie « paisible » en anglais.

dans la sienne. Je suis le plus petit des Petits. La plupart des Grands sont encore plus grands que Charlie. Certains ont quatorze ans. Je le regarde jusqu'à ce que la porte se referme sur lui et qu'il disparaisse. Jusqu'à cet instant, je n'avais encore jamais su ce qu'était la véritable solitude.

Les lacets de mes chaussures sont défaits. Je ne sais pas les nouer. Charlie sait, lui, mais il n'est pas là. J'entends la voix tonnante de Mr. Munnings qui fait l'appel dans la salle voisine, et je suis vraiment content d'être avec Miss McAllister. Elle parle peut-être avec un drôle d'accent mais elle, au moins, elle sourit et puis elle n'est pas Mr. Munnings.

– Thomas, me dit-elle, tu vas t'asseoir là, à côté de Molly. Et je te signale que tes lacets sont défaits.

J'ai l'impression que tout le monde glousse pendant que je vais prendre ma place. Je n'ai plus qu'une seule envie : m'échapper, m'enfuir en courant, mais je n'ose pas. Tout ce que j'arrive à faire, c'est pleurer. Alors, je penche la tête pour qu'on ne voie pas les larmes me monter aux yeux.

– Ce n'est pas en pleurant que tu attacheras tes lacets, dit Miss McAllister.

– Je ne sais pas le faire, je lui réponds.

– Dans ma classe, Thomas Peaceful, on ne dit jamais « je ne sais pas ». Nous allons tout simplement t'apprendre à nouer tes lacets. Nous sommes tous ici pour cela, Thomas, pour apprendre. C'est la raison pour laquelle on vient à l'école, non ? Tu vas lui montrer, Molly. Molly est la plus grande de ma classe, Thomas, et ma meilleure élève. Elle va t'aider.

Alors, pendant que la maîtresse commence l'appel, Molly s'agenouille devant moi et attache mes lacets. Elle ne s'y prend pas du tout comme Charlie, elle est plus lente, plus délicate, et elle fait un double nœud avec de grandes boucles. Elle ne lève pas les yeux vers moi, pas une seule fois, et pourtant j'aimerais bien qu'elle me regarde. Elle a des cheveux de la même couleur que Billyboy, le vieux cheval de mon père, qui est mort l'année précédente – une couleur châtain, brillante – et j'aimerais bien tendre la main pour les caresser. Enfin, elle lève la tête vers moi et me sourit. Je n'en demande pas plus. Soudain, je n'ai plus du tout envie de rentrer chez moi en courant. J'ai envie de rester ici, avec Molly. Je sais maintenant que j'ai une amie.

À l'heure de la récréation, dans la cour de l'école, je voudrais aller la voir et parler avec elle mais je n'y arrive pas : elle est tout le temps entourée d'un troupeau de filles qui n'arrêtent pas de pouffer. Elles regardent sans cesse vers moi en éclatant de rire. Je cherche Charlie des yeux mais il est en train d'ouvrir des marrons avec ses copains et ce sont tous des Grands. Alors, je vais m'asseoir sur une vieille souche. Je défais mes lacets et j'essaie de les attacher à nouveau en me souvenant des gestes de Molly. Je fais plusieurs tentatives et en très peu de temps, je m'aperçois que j'y arrive. Le nœud est grossier, pas assez serré, mais j'ai réussi quand même. Mieux encore, Molly me regarde, de l'autre côté de la cour, et quand elle voit que j'y suis parvenu, elle me sourit.

À la maison, nous ne portons pas de chaussures, sauf pour aller à l'école. Ma mère en porte, bien sûr, et mon père avait toujours ses grandes bottes cloutées, celles qu'il avait aux pieds quand il est mort. Lorsque l'arbre est tombé, j'étais avec lui dans le bois, il n'y avait que nous deux. Avant que j'aille à l'école, il m'emmenait souvent avec lui quand il allait travailler, pour m'empêcher de faire des bêtises, disait-il. Je montais derrière lui sur Billyboy et je me cramponnais, les bras autour de sa taille, le visage contre son dos. Chaque fois que Billyboy se mettait à galoper, j'étais ravi. Ce matin-là, nous avions fait tout le chemin au galop, en montant la colline jusqu'au bois de Ford Cleave. Lorsqu'il m'avait soulevé pour me poser par terre, j'en riais encore de plaisir.

– Allez, garnement, va t'amuser ! avait-il dit.

Inutile de me le répéter. Je pouvais regarder dans les terriers de renard et de blaireau, suivre peut-être des traces de cerf, cueillir des fleurs ou chasser des papillons. Mais ce matin-là, j'avais découvert une souris, une souris morte. Je l'avais enterrée sous un tas de feuilles, et j'avais commencé à fabriquer une croix en bois pour marquer sa tombe. Un peu plus loin, mon père abattait sa hache en cadence,

17

grognant, ahanant à chaque coup, comme il faisait toujours. Au début, j'ai cru qu'il grognait un peu plus fort que d'habitude. C'est ce que j'ai tout de suite pensé. Et puis, étrangement, il m'a semblé que le bruit ne venait plus de l'endroit où il se trouvait mais de quelque part au sommet des feuillages.

En levant les yeux, j'ai vu que le grand arbre au-dessus de moi oscillait alors que tout était immobile alentour. Il craquait, tandis que les autres arbres restaient silencieux. Je ne me suis rendu compte que très lentement qu'il était en train de s'abattre et qu'il allait tomber droit sur moi, que j'allais mourir et qu'il n'y avait rien à faire. Je suis resté immobile à regarder, hypnotisé par sa chute progressive, les jambes pétrifiées, absolument incapable de bouger.

J'entends mon père me crier :

– Tommo ! Tommo ! Va-t'en vite, Tommo !

Mais je ne peux pas. Je vois mon père courir vers moi au milieu des arbres, sa chemise flottant au vent. Je sens qu'il m'attrape et qu'il m'écarte d'un seul mouvement, comme une gerbe de blé. Un tonnerre résonne à mes oreilles puis plus rien.

Lorsque je me réveille, je vois aussitôt mon père, je vois les semelles de ses bottes avec ses clous usés. Je rampe jusqu'à l'endroit où il est étendu, rivé au sol sous la couronne touffue du grand arbre. Il est allongé sur le dos, le visage tourné de l'autre côté, comme s'il ne voulait pas me voir. L'un de ses bras est tendu vers moi, le gant tombé de sa main, l'index pointé dans ma direction. Du sang coule de son nez, s'égouttant sur les feuilles. Ses yeux sont ouverts mais je comprends tout de suite qu'ils ne me voient pas. Il ne respire plus. Quand je crie pour l'appeler, quand je le secoue, il ne se réveille pas. Je ramasse son gant.

À l'église, nous sommes assis côte à côte au premier rang. Ma mère, Big Joe, Charlie et moi. Nous ne nous étions encore jamais assis au premier rang. C'est la place du Colonel et de sa famille. Le cercueil repose sur des tréteaux, avec mon père à l'intérieur dans son costume du dimanche. Pendant toutes les prières, tous les cantiques, une hirondelle vole au-dessus de nos têtes, de fenêtre en fenêtre, du clocher à l'autel, à la recherche d'une issue. Et moi, je suis certain que c'est mon père qui essaie de s'échapper. Je le sais parce qu'il nous a dit plus d'une fois que dans sa prochaine vie, il aimerait être un oiseau pour pouvoir voler librement là où il veut.

Big Joe n'arrête pas de montrer l'hirondelle du doigt. Puis, sans rien dire à personne, il se lève et va jusqu'au fond de l'église pour ouvrir la porte. Quand il revient, il explique à voix haute à Maman ce qu'il vient de faire, et Grand-Mère Loup, qui est assise à côté de nous avec son bonnet noir, fronce les sourcils en le regardant, en nous regardant tous. Je comprends alors ce que je n'avais jamais su jusque-là, qu'elle a honte d'être l'une d'entre nous. Je n'en ai vraiment compris la raison que plus tard, en grandissant.

L'hirondelle est posée sur une poutre, loin au-dessus du cercueil. Elle quitte son perchoir et vole au-dessus de l'allée centrale jusqu'à ce qu'elle trouve la porte ouverte par laquelle elle disparaît. Et maintenant, je sais que mon père est heureux dans sa nouvelle vie. Big Joe se met à rire très fort et Maman prend sa main dans les siennes. Charlie croise mon regard. En cet instant, nous pensons tous les quatre exactement la même chose.

Le Colonel monte en chaire pour faire un discours, une main accrochée au revers de sa veste. Il déclare que James Peaceful était un homme de bien, l'un des meilleurs ouvriers qu'il ait jamais connus, le sel de la terre, toujours joyeux lorsqu'il allait travailler, il dit que depuis des générations, les membres de la famille Peaceful ont été employés à un poste ou à un autre par sa propre famille. Pendant les trente années qu'il a passées comme forestier dans le domaine, James Peaceful n'a jamais été une seule fois en retard à son travail et il faisait honneur à sa famille et à son village. Pendant tout le temps où le Colonel parle de sa voix monotone, je repense aux grossièretés que mon père répétait souvent à son sujet – « ce vieux crétin », « ce vieux fou idiot » ou pire encore – et à ma mère qui nous avait toujours dit que c'était peut-être un « vieux crétin » ou un « vieux fou idiot » mais que c'était lui qui payait le salaire de mon père, lui qui possédait le toit sous lequel nous vivions et que nous, les enfants, nous devions toujours manifester du respect lorsque nous le rencontrions, lui sourire, porter la main à notre front pour le saluer, en nous efforçant d'avoir l'air sincère si nous voulions agir dans notre intérêt.

Après la cérémonie, nous nous rassemblons autour de la tombe et le cercueil de mon père est descendu au fond de la fosse, mais le pasteur n'arrête pas de parler, et moi, je voudrais bien que mon père entende chanter les oiseaux une dernière fois avant que la terre se referme sur lui et le laisse dans le silence. Mon père aime beaucoup les alouettes, il aime les regarder s'envoler et s'envoler si haut qu'on ne voit plus que leur chant. Je lève les yeux en espérant qu'il y aura une alouette et je vois un merle qui chante dans l'if. Il faudra se contenter du merle… J'entends ma mère murmurer à Big Joe que Papa n'est plus vraiment dans son cercueil mais dans les cieux, là-haut – elle montre le ciel, au-delà du clocher de l'église – et qu'il est heureux, heureux comme les oiseaux.

Derrière nous, la terre tombe avec un bruit sourd et lourd sur le cercueil tandis que nous nous éloignons, en le laissant là. Nous rentrons à la maison à pied tous ensemble, le long des chemins creux. Big Joe cueille des digitales et du chèvrefeuille, emplissant de fleurs les bras de notre mère. Aucun de nous n'a de larmes à verser ni de paroles à prononcer. Moi encore moins que les autres, car j'ai un secret horrible, un secret que je ne peux dire à personne, pas même à Charlie. Mon père n'aurait pas dû mourir ce matin-là, au bois de Ford Cleave. Il a essayé de me sauver. Si seulement j'avais essayé de me sauver moi-même, si je m'étais enfui, à présent, il ne serait pas mort dans ce cercueil. Tandis que ma mère me lisse les cheveux et que Big Joe lui offre une autre digitale, je ne pense qu'à une seule chose : tout ça, c'est à cause de moi.

J'ai tué mon propre père.

Onze heures moins vingt

Je ne veux pas manger. Ragoût, pommes de terre et biscuits. D'habitude, j'aime le ragoût, mais je n'ai pas faim. Je grignote un biscuit, mais je n'en ai pas envie non plus. Pas maintenant. Heureusement que Grand-Mère Loup n'est pas là. Elle ne supportait pas qu'on laisse de la nourriture dans nos assiettes. « Pour ne pas manquer, il ne faut pas gaspiller », disait-elle. Je gâche cette nourriture, Femme Loup, que cela te plaise ou pas.

Big Joe mangeait plus que nous tous réunis. Ma mère pouvait servir n'importe quel plat, c'était toujours celui qu'il préférait : pudding de pain au beurre et aux raisins secs, tourte de pommes de terre, fromage et petits légumes au vinaigre, ragoût et croquettes – il s'empiffrait et avalait tout. Quand on n'aimait pas quelque chose, Charlie et moi, on le glissait dans son assiette pendant que notre mère ne regardait pas. Big Joe était ravi de notre petit complot, et plus encore du supplément de nourriture qu'il en retirait. Il mangeait absolument tout. Quand nous étions petits, que nous ne comprenions pas encore très bien notre frère, un jour, Charlie avait parié avec moi un crâne de chouette que j'avais trouvé, que Big Joe avalerait même des crottes de lapin. Je ne le croyais pas, car je pensais que Big Joe saurait ce que c'était. J'avais pris le pari. Charlie avait mis une poignée de crottes dans un sachet en papier et lui avait dit que c'était des sucreries. Big Joe les avait sorties du sachet et les avait fourrées dans sa bouche, en les savourant une par une. Et lorsque nous avions éclaté de rire, il avait ri avec nous, nous en offrant une à chacun. Charlie lui avait dit qu'elles étaient spécialement pour lui, que c'était un cadeau. J'avais pensé que Big Joe serait malade après ça, mais il ne l'a jamais été.

Nous avons grandi et Mère nous a expliqué que Big Joe avait failli mourir quelques jours après sa naissance. Méningite, lui avait-on dit à l'hôpital. Le docteur avait affirmé que Joe avait le cerveau endommagé, qu'il n'aurait plus aucune utilité sur terre, même s'il vivait. Mais Big Joe était resté en vie, et il s'était rétabli peu à peu, quoique jamais entièrement. Nous, tout ce qu'on savait, c'est qu'il était différent. Peu nous importait qu'il ne sache pas très bien parler, qu'il ne sache ni lire ni écrire, qu'il ne pense pas comme nous, comme les autres. Pour Charlie et moi, c'était simplement Big Joe. Parfois, il nous faisait un peu peur. Il semblait partir à la dérive et s'enfermer dans un monde à lui, un monde de rêves ou plutôt de cauchemars, car il pouvait se montrer très agité, très angoissé. Mais tôt ou tard, il nous revenait et redevenait lui-même, le Big Joe que nous connaissions tous, le Big Joe qui aimait tout et tout le monde, surtout les animaux, les oiseaux et les fleurs, qui était entièrement confiant, qui pardonnait toujours – même lorsqu'il s'apercevait que ses sucreries n'étaient que des crottes de lapin.

Nous avions eu de gros ennuis, Charlie et moi, avec cette histoire. Big Joe lui-même ne s'en serait jamais rendu compte. Mais, toujours généreux, il était allé voir notre mère pour lui offrir une crotte de lapin. Elle était tellement furieuse que j'ai cru qu'elle allait exploser. Elle a mis un doigt dans la bouche de Big Joe, en a fait sortir ce qui était encore dedans et l'a envoyé se rincer la bouche. Puis elle nous a obligés, Charlie et moi, à manger une crotte de lapin chacun pour que nous sachions à quoi ça ressemblait.

– C'est répugnant, n'est-ce pas ? De la nourriture répugnante pour des enfants répugnants. Ne traitez plus jamais Big Joe comme ça !

Nous avions eu terriblement honte de nous – en tout cas pendant un certain temps. Ensuite, il suffisait que quelqu'un parle de lapins pour que Charlie et moi échangions un coup d'œil complice. J'en souris aujourd'hui encore. Pourtant, il n'y a vraiment pas de quoi.

D'une certaine manière, notre vie à la maison tournait toujours autour de Big Joe. Notre opinion sur les gens dépendait en grande partie de la façon dont ils se comportaient avec lui. En fait, c'était très simple : si quelqu'un montrait de l'antipathie, de la désinvolture à son égard ou le traitait comme un idiot, nous ne l'aimions pas. La plupart des gens, autour de nous, étaient habitués à lui, mais parfois certains d'entre eux regardaient ailleurs, ou pire encore, faisaient comme s'il n'existait pas. C'était ce que nous détestions le plus. Big Joe ne semblait pas y prêter attention, mais nous y veillions à sa place – comme le jour où nous nous étions moqués du Colonel en soufflant avec la bouche pour imiter des bruits de pet.

À la maison, on ne disait jamais de bien du Colonel, à l'exception de Grand-Mère Loup, bien sûr. Lorsqu'elle venait nous rendre visite, on ne pouvait prononcer un seul mot contre lui. Mon père et elle se disputaient violemment à son sujet. Pour nous, ce n'était qu'un vieux schnoque. Mais un jour, grâce à Big Joe, j'ai vraiment compris quel genre d'homme il était.

Nous rentrions à la maison, un soir, Charlie, Big Joe et moi. Nous avions pêché des truites brunes dans la rivière. Big Joe en avait pris trois, dans l'eau peu profonde. Il les sortait de sous les pierres, les caressait doucement sous le ventre, puis, refermant la main sur elles, il les ramenait sur la berge avant qu'elles aient compris ce qui leur arrivait. Il était très adroit. On aurait dit qu'il savait ce que les poissons pensaient. Il n'aimait pas les tuer, cependant, et moi non plus. C'est Charlie qui s'en chargeait.

Big Joe saluait toujours tout le monde d'une voix sonore. Aussi, lorsque le Colonel est passé à cheval près de nous, ce jour-là, Big Joe lui a crié bonjour en lui montrant fièrement une de ses truites. Le Colonel a continué d'avancer comme s'il ne nous avait pas vus. Quand il nous a dépassés, Charlie a soufflé derrière lui, imitant bruyamment un bruit de pet, et Big Joe s'y est mis à son tour, car il adorait les bruits grossiers. L'ennui, c'est qu'il s'amusait tellement qu'il ne pouvait plus s'arrêter. Le Colonel a tiré sur les rênes de son cheval et nous a lancé un regard haineux. Pendant un moment, j'ai cru qu'il allait nous poursuivre. Heureusement, il s'en est abstenu, mais il a fait claquer son fouet en criant : « Vous allez voir, petits voyous, vous allez voir ! »

J'ai toujours pensé que c'est à ce moment-là que le Colonel a commencé à nous haïr, et qu'ensuite, il n'a cessé de nous nuire d'une manière ou d'une autre. Nous avons couru jusqu'à la maison. Chaque fois que quelqu'un pète ou en imite le bruit, je pense à cette rencontre sur le chemin, à Big Joe qui rit dès qu'il entend des bruits grossiers, qui rit comme s'il n'allait jamais s'arrêter. Je repense aussi au regard menaçant du Colonel, au claquement de son fouet, et au fait que l'impertinence de Big Joe, ce soir-là, a peut-être changé nos vies pour toujours.

C'est aussi à cause de Big Joe que je me suis vraiment battu pour la première fois. Il y avait beaucoup de bagarres à l'école, mais je n'étais pas très fort, et la plupart du temps je m'en tirais avec une lèvre enflée ou une oreille en sang. J'ai appris assez vite que si on ne veut pas se faire mal, il vaut mieux garder la tête basse et ne pas répondre, surtout quand on a affaire à un plus grand. Mais un jour, j'ai découvert qu'il faut parfois défendre ce qui nous semble juste et se battre, même si on n'en a pas envie.

C'était la récréation. Big Joe était venu à l'école pour nous voir, Charlie et moi. Il est resté simplement devant les grilles, à nous regarder. Il le faisait souvent au début, lorsque nous partions ensemble, Charlie et moi – il devait se sentir seul à la maison sans nous. J'ai couru vers lui. Il était essoufflé, ses yeux brillaient d'excitation. Il voulait me montrer quelque chose. Il a entrouvert ses deux mains réunies en forme de coupe, juste assez pour que je puisse voir. Un orvet était enroulé à l'intérieur. Je savais où il l'avait trouvé – au cimetière, son terrain de chasse favori. Chaque fois que nous allions fleurir la tombe de notre père, Big Joe partait de son côté à la recherche de nouvelles bestioles à ajouter à sa collection. C'était son occupation favorite quand il ne restait pas simplement là, à chanter *Oranges et Citrons* d'une voix suraiguë, les yeux levés vers le clocher de l'église à observer les martinets qui virevoltaient tout autour. Rien ne semblait le rendre plus heureux.

Big Joe allait sûrement mettre son orvet avec les autres bestioles qu'il gardait dans des boîtes derrière le petit appentis, près de la maison. Il avait des lézards, des hérissons, toutes sortes de petits animaux. J'ai caressé son orvet du bout des doigts, et je lui ai dit qu'il était très joli, ce qui était vrai. Il est reparti le long du chemin en fredonnant sa chanson préférée, *Oranges et Citrons*, et en regardant son petit reptile avec adoration.

Je le suis des yeux, lorsque quelqu'un me tape brutalement sur l'épaule, si brutalement que ça me fait mal. C'est le grand Jimmy Parsons. Charlie m'a souvent mis en garde contre lui, me conseillant de l'éviter.

– Qui a un frère débile ? me lance Jimmy en ricanant.

Je n'en crois pas mes oreilles.

– Qu'est-ce que tu as dit ?

– Ton frère est débile, cinglé, il lui manque une case, il est dingue, complètement timbré.

Alors je me précipite sur lui, en donnant des coups de poing à l'aveuglette, et je l'insulte en criant, mais je n'arrive pas à lui porter un seul coup. Il me frappe en pleine figure et m'envoie rouler par terre. Je me retrouve assis sur le sol, je saigne du nez. Je m'essuie et regarde le sang sur le revers de ma main. Il en profite pour me donner un terrible coup de pied. Je me roule en boule comme un hérisson pour me protéger, mais ça ne me sert pas à grand-chose. Il continue à me rouer de coups sur le dos, les jambes, partout où il peut. Quand soudain il s'arrête, je me demande pourquoi.

Je lève les yeux et je vois que Charlie l'a attrapé par le cou et le jette par terre. Ils roulent sur eux-mêmes, en se frappant et en s'injuriant. Tous les élèves se sont rassemblés autour d'eux pour voir le spectacle et les exciter. Soudain, Mr. Munnings sort en courant de l'école, beuglant comme un taureau furieux. Il les sépare, les prend par le col et les traîne à l'intérieur du bâtiment. Heureusement pour moi, Mr. Munnings ne m'a pas vu, assis par terre, le nez en sang. Charlie a droit aux coups de canne, et Jimmy Parsons aussi – six chacun. Ce jour-là, Charlie m'a sauvé deux fois. Nous restons tous dans la cour de l'école en silence, à écouter les coups et à les compter. Le grand Jimmy Parsons est puni le premier, il n'arrête pas de crier : « Aïe, monsieur ! Aïe, monsieur ! » Mais quand c'est le tour de Charlie, on n'entend plus que les coups secs et le silence entre chaque. Je suis tellement fier de lui ! J'ai le frère le plus courageux du monde.

Molly vient vers moi, elle me prend par la main, et me conduit vers la pompe. Elle mouille son mouchoir sous l'eau et tamponne mon nez, mes mains et mon genou – on dirait qu'il y a du sang partout. L'eau merveilleusement fraîche me fait du bien, et ses mains sont douces. Elle ne dit rien pendant un moment. Elle essuie tout doucement le sang avec son mouchoir, en prenant garde de ne pas me faire mal. Soudain, elle dit :

– J'aime beaucoup Big Joe. Il est gentil. J'aime les gens gentils.

Molly aime bien Big Joe. Et maintenant, j'en suis sûr : je l'aimerai, elle, jusqu'à ma mort.

Au bout d'un moment, Charlie est ressorti dans la cour de récréation, remontant son pantalon et souriant sous le soleil. Tout le monde s'est rassemblé autour de lui.

– Ça fait mal Charlie ?

– Ils ont tapé dans le creux des genoux, Charlie, ou sur le derrière ?

Charlie n'a pas répondu. Il a écarté ses camarades et marché droit vers Molly et moi.

– Il ne recommencera pas, Tommo, m'a-t-il dit. Je l'ai frappé là où ça fait souffrir, dans les couilles.

Il a levé mon menton et examiné mon nez.

– Ça va, Tommo ?

– Ça fait un peu mal.

– Mon derrière aussi, a dit Charlie.

Molly a éclaté de rire, et moi aussi. Puis Charlie nous a imités, et tous les élèves à sa suite.

À partir de là, Molly est devenue l'une des nôtres. On aurait dit qu'elle avait soudain rejoint notre famille et était devenue notre sœur. Lorsque Molly nous a accompagnés à la maison, cet après-midi-là,

Big Joe lui a offert quelques fleurs qu'il avait cueillies, et Mère l'a traitée comme la fille qu'elle n'avait jamais eue. Dès lors, Molly a pris l'habitude de venir à la maison presque tous les jours après l'école. Elle semblait vouloir rester tout le temps avec nous. Nous n'en avons découvert la raison que bien plus tard. Je me rappelle que Mère brossait souvent les cheveux de Molly. Elle adorait la coiffer, et nous adorions les regarder.

Mère. Je pense souvent à elle. Et lorsque je pense à elle, je revois les hautes haies, les chemins creux et nos promenades le soir vers la rivière. Je revois les reines-des-prés, le chèvrefeuille, les vesces, les digitales, les lychnis rouges et les églantines. Il n'y avait pas une fleur sauvage ni un papillon qu'elle ne sache nommer. J'aimais le son de leurs noms : vulcain, paon-de-jour, piéride du chou, adonis bleu. C'est sa voix que j'entends à présent dans ma tête. Je ne sais pourquoi, mais j'arrive mieux à l'entendre qu'à me représenter ses traits. J'imagine que c'est à cause de Big Joe qu'elle parlait sans arrêt, expliquant inlassablement le monde qui nous entourait. Elle était son guide, son interprète, son professeur.

Ils n'avaient pas voulu de Big Joe à l'école. Mr. Munnings avait déclaré qu'il était arriéré. Il n'était pas arriéré. Il était différent, « spécial », comme disait notre mère, mais il n'était pas arriéré. Il avait besoin d'aide, c'est tout, et notre mère l'aidait. C'était un peu comme si Big Joe avait été aveugle. Il voyait très bien, mais il semblait souvent ne pas comprendre ce qu'il voyait. Or il voulait absolument comprendre. C'est pourquoi Mère passait son temps à lui expliquer le pourquoi et le comment des choses. Elle chantait aussi pour lui, car cela le rendait heureux et le calmait quand il avait une de ses crises, qu'il devenait anxieux ou agité. Elle chantait pour Charlie et pour moi également, peut-être plus par habitude. Mais nous aimions qu'elle chante, nous aimions le son de sa voix. Sa voix a été la musique de notre enfance.

Après la mort de notre père, la musique s'est éteinte. Mère est devenue silencieuse, calme, la maison triste. Je gardais mon terrible secret, un secret qui ne me sortait presque jamais de l'esprit. Rongé par la culpabilité, je m'enfermais de plus en plus en moi-même. Même Big Joe ne riait presque plus. Pendant les repas, la cuisine semblait particulièrement vide sans notre père, sans sa haute taille et sa voix qui remplissaient la pièce. Sa vieille veste de travail n'était plus accrochée sous l'auvent, et l'odeur de sa pipe ne traînait plus que faiblement dans l'air. Il avait disparu et nous le pleurions tous en silence, à notre manière.

Mère parlait toujours à Big Joe, mais moins qu'avant. Il fallait bien qu'elle lui parle, car elle seule comprenait vraiment le sens des grognements et des gloussements qui constituaient le langage de Big Joe. Charlie et moi le comprenions un peu, de temps en temps, mais elle semblait saisir tout ce qu'il voulait dire, et avant même qu'il ne le dise. Une ombre planait sur elle, nous le sentions, Charlie et moi, une ombre qui n'était pas seulement celle de la mort de notre père. Nous étions sûrs qu'il y avait quelque chose d'autre dont elle ne voulait pas parler, et qu'elle nous cachait. Nous n'avons découvert que trop vite de quoi il s'agissait.

Nous étions revenus de l'école et buvions notre thé – Molly était là, elle aussi – quand on a frappé à la porte. Mère a paru savoir aussitôt qui c'était. Elle a pris son temps, a lissé son tablier et arrangé ses cheveux avant d'ouvrir la porte. C'était le Colonel.

– Je voudrais vous dire un mot, madame Peaceful, a-t-il dit. Je pense que vous savez pourquoi je suis venu.

Mère nous a demandé de finir notre thé, a fermé la porte, puis est sortie dans le jardin avec lui. Molly et Big Joe sont restés à table tandis que nous nous élancions, Charlie et moi, vers la porte de derrière, foncions dans le potager et courions le long de la haie, avant de nous accroupir derrière la cabane à bois pour écouter. Nous étions assez près pour entendre chaque mot.

– Il pourrait sembler quelque peu indélicat d'aborder ce sujet si vite après le décès douloureux et prématuré de feu votre époux, disait le Colonel.

Il ne regardait pas notre mère en parlant, mais gardait les yeux baissés sur son chapeau haut de forme qu'il lissait avec sa manche.

– Il s'agit de la chaumière. Si l'on s'en tient strictement aux règles, bien sûr, madame Peaceful, vous
n'avez plus le droit d'y vivre. Vous savez, je suppose,
que l'occupation de cette chaumière était liée au travail de feu votre mari dans mon domaine. Et maintenant qu'il n'est plus, évidemment…

– Je comprends, Colonel, a dit Mère. Vous voulez
que nous partions.

– Eh bien ! je ne vois pas forcément les choses
comme ça. Je ne tiens pas à vous chasser, madame
Peaceful. Nous pourrions peut-être trouver une autre
solution.

– Solution ? Quelle solution ? a demandé Mère.

– Voilà, a poursuivi le Colonel, il se trouve qu'il y
a une place, là-haut, à la maison, qui pourrait vous
convenir. La femme de chambre de mon épouse vient
de donner son congé. Comme vous savez, ma femme
ne se porte pas bien. Elle passe la plus grande partie
de son temps dans un fauteuil roulant. Elle a besoin
de soins constants et d'attention sept jours sur sept.

– Mais j'ai mes enfants ! a protesté notre mère. Qui
va s'occuper de mes enfants ?

Le Colonel a pris son temps avant de répondre :

– Les deux garçons sont assez grands pour se
débrouiller tout seuls, il me semble. Quant au troi-
sième, il existe un asile d'aliénés à Exeter. Je suis sûr
que je pourrais essayer de le faire entrer là-bas…

Mère l'a interrompu, contenant à peine sa fureur,
d'une voix glaciale mais calme :

— Je ne pourrai jamais faire ça, Colonel. Jamais. Mais si je veux garder un toit au-dessus de nos têtes, il faudra que je m'arrange pour venir travailler chez vous comme femme de chambre. C'est bien ce que vous voulez dire, n'est-ce pas ?

— Vous comprenez parfaitement bien la situation, madame Peaceful. Je n'aurais pu la décrire aussi bien moi-même. J'aurais besoin de votre réponse dans la semaine. Bonne journée, madame Peaceful. Et encore une fois, toutes mes condoléances.

Nous l'avons regardé partir, laissant là notre mère. Je ne l'avais jamais vue pleurer auparavant, mais elle pleurait maintenant. Elle est tombée à genoux dans l'herbe haute, le visage enfoui dans ses mains. C'est alors que Big Joe et Molly sont sortis de la chaumière. Lorsque Big Joe a vu Mère, il a couru et s'est agenouillé à côté d'elle, il l'a prise dans ses bras et l'a bercée doucement, en lui chantant *Oranges et Citrons* jusqu'à ce qu'elle sourie entre ses larmes et se mette à fredonner avec lui. Alors, nous nous sommes mis à chanter tous ensemble, et très fort, par défi, pour que le Colonel nous entende.

Plus tard, quand Molly est repartie chez elle, nous nous sommes assis dans le verger en silence, Charlie et moi. Là, j'ai failli lui livrer mon secret. J'en avais terriblement besoin. Mais je n'ai pu m'y résoudre. Je craignais qu'il ne me parle plus jamais si je le lui disais. Puis le moment propice est passé.

— Je déteste cet homme, a dit Charlie à mi-voix. Et un jour, je l'aurai, Tommo. Je te jure que je l'aurai.

Notre mère n'avait pas le choix, bien sûr. Elle a dû accepter le travail, et la seule personne qui pouvait nous aider dans la famille, c'était Grand-Mère Loup. Elle est venue s'installer à la maison la semaine suivante. En fait, ce n'était pas du tout notre grand-mère, enfin pas vraiment – nos deux grands-mères étaient mortes. C'était une tante de notre mère. Elle avait toujours insisté pour que nous l'appelions «Grand-Mère», car elle trouvait que «Grand-Tante» faisait vieux et grincheux, ce qui lui convenait d'ailleurs parfaitement bien. Si nous ne l'aimions guère avant qu'elle vienne chez nous – à cause de sa moustache et de tout le reste – nos sentiments pour elle n'ont fait qu'empirer avec son arrivée à la maison. Nous connaissions tous son histoire : elle avait travaillé là-haut pour le Colonel en tant que gouvernante, mais pour quelque raison obscure, la femme du Colonel ne pouvait la supporter. Une grande dispute avait éclaté entre elles, et Grand-Mère avait dû partir vivre au village. C'est pourquoi elle était libre et pouvait venir s'occuper de nous.

De toute façon, lorsque nous étions ensemble, Charlie et moi, nous ne l'appelions jamais Grand-tante ni Grand-mère. Nous lui avions trouvé un nom particulier. Quand nous étions plus petits, notre mère nous lisait souvent *Le Petit Chaperon rouge*. Il y avait une image du livre que Charlie et moi connaissions bien, celle du loup au lit qui faisait semblant d'être la grand-mère du petit chaperon rouge. Il avait un bonnet noir sur la tête, comme notre propre «Grand-Mère» en portait toujours, et il avait de grandes dents très espacées, exactement comme elle. C'est pourquoi aussi loin que je me souvienne, nous l'avons toujours appelée «Grand-Mère Loup». Jamais devant elle, bien entendu. Mère disait que c'était un manque de respect, mais je crois qu'en secret ce surnom lui plaisait bien.

Bientôt, ce n'est plus seulement à cause du livre qu'elle nous est apparue comme une Grand-Mère Loup. Elle nous a très vite montré qui commandait maintenant que Mère n'était plus là. Tout devait être impeccable : les mains propres, les cheveux peignés, il ne fallait pas parler la bouche pleine, nous ne devions rien laisser dans nos assiettes. «Pour ne pas manquer, il ne faut pas gaspiller», répétait-elle. Ce n'était pas si terrible. On s'y habituait. Mais ce que nous ne pouvions lui pardonner, c'était sa méchanceté envers Big Joe. Elle lui parlait, ou parlait de lui, comme s'il était stupide ou fou. Elle le traitait comme un bébé. Elle lui essuyait sans cesse la bouche, ou lui répétait qu'il ne faut pas chanter à table. Un jour que Molly protestait, elle lui a donné une claque et l'a renvoyée chez elle. Elle giflait Big Joe aussi, quand il ne faisait pas ce qu'elle voulait, ce qui arrivait souvent. Il se mettait alors à se balancer et à parler tout seul, comme chaque fois qu'il était contrarié.

Mais à présent, Mère n'était plus là pour lui chanter une chanson, pour le calmer. Molly lui parlait, et nous essayions nous aussi, mais ce n'était pas la même chose.

À partir du jour où Grand-Mère Loup est venue chez nous, tout notre monde a changé. Mère partait travailler à la Grande Demeure dès l'aube, avant notre départ pour l'école, et elle n'était toujours pas rentrée quand nous revenions à la maison à l'heure du thé. Grand-Mère Loup était là, elle, sur le pas de la porte de ce qui nous paraissait maintenant être son repaire. Et Big Joe, auquel elle interdisait désormais les longues promenades qu'il aimait tant, se précipitait sur nous comme s'il ne nous avait pas vus depuis une semaine. Il se comportait de la même façon quand Mère rentrait, mais elle était si épuisée que souvent elle n'avait plus la force de lui parler. Elle voyait bien ce qui se passait, mais ne pouvait rien y faire. Nous avions l'impression de la perdre, comme si elle était peu à peu mise à l'écart, et remplacée.

C'est Grand-Mère Loup qui commandait, maintenant, qui disait même à notre mère ce qu'elle devait faire dans sa propre maison. Elle répétait inlassablement que Mère ne nous avait pas éduqués correctement, que nous étions mal élevés, que nous ne savions pas distinguer le bien du mal – et que Mère s'était mariée avec un homme de condition inférieure.

— Je l'avais prévenue, et je le lui ai souvent répété par la suite, vociférait-elle : elle aurait pu se débrouiller mieux que ça. Mais elle ne m'a pas écoutée, oh non ! Il fallait qu'elle se marie avec le premier homme qui lui a tourné la tête, et qui n'était qu'un pauvre bûcheron ! Elle méritait mieux, elle était destinée à rencontrer des gens d'un rang plus élevé. Nous étions des commerçants – nous tenions notre propre boutique, et je peux vous dire qu'on en tirait un joli bénéfice. Une belle affaire, je vous assure. Mais non, elle n'en voulait pas. Elle a brisé le cœur de votre grand-père, oui vraiment. Et maintenant, regardez ce qu'elle est devenue : femme de chambre, à son âge. Un désastre ! Votre mère a toujours été un désastre depuis le jour de sa naissance.

Nous aurions voulu que Mère lui tienne tête, mais chaque fois, elle s'inclinait docilement, trop fatiguée pour réagir. Nous avions presque l'impression, Charlie et moi, que ce n'était plus la même personne. Il n'y avait plus de rire dans sa voix, plus de lumière dans ses yeux. Et depuis le début, je ne savais que trop bien de qui c'était la faute si notre père était mort, si Mère était obligée d'aller travailler à la Grande Demeure, si Grand-Mère Loup était venue à la maison et prenait sa place.

Parfois, la nuit, quand nous entendions Grand-Mère Loup ronfler dans son lit, Charlie et moi inventions une histoire sur le Colonel et elle. Nous nous racontions que nous irions à la Grande Demeure, que nous pousserions la femme du Colonel dans le lac pour qu'elle se noie. Ainsi Mère pourrait revenir à la maison, rester avec nous, avec Big Joe, Molly, et tout redeviendrait comme avant. Ensuite, le Colonel et Grand-Mère Loup pourraient se marier et vivre toujours malheureux. Ils étaient si vieux qu'ils auraient un tas d'enfants monstrueux, nés déjà vieux et ridés, avec une dent sur deux : les filles auraient une moustache, comme Grand-Mère Loup, et les garçons des favoris, comme le Colonel.

Je me rappelle que je faisais souvent des mauvais rêves habités par ces enfants monstrueux, mais quel que fût mon cauchemar, il finissait toujours de la même façon : j'étais dans le bois avec mon père, l'arbre tombait et je me réveillais en criant. Alors Charlie venait là, à côté de moi, et tout s'arrangeait. Avec Charlie, tout s'arrangeait toujours.

Presque onze heures un quart

Il y a une souris, près de moi. Elle est là, sous la lumière de la lampe, les yeux levés vers moi. Elle a l'air aussi surpris de me voir que je le suis moi-même. Soudain, elle s'en va. Je l'entends encore trottiner quelque part sous la meule de foin. Je crois qu'elle est partie, maintenant. J'espère qu'elle va revenir. Elle me manque déjà.

Grand-Mère Loup détestait les souris. Elle en avait si peur qu'elle ne pouvait le cacher. Aussi avons-nous bien ri, Charlie et moi, quand, avec les pluies et le froid de l'automne, les souris ont décidé qu'il faisait plus chaud à l'intérieur, et qu'elles allaient donc vivre avec nous dans la chaumière. Big Joe adorait les souris – il leur donnait même à manger. Grand-Mère Loup le grondait et lui flanquait des claques. Mais Big Joe ne pouvait pas comprendre pourquoi on le giflait, et il continuait à nourrir les souris comme avant. Grand-Mère Loup a mis des pièges, mais nous les trouvions, Charlie et moi, et nous les désarmorcions. Au cours de tous ces mois d'automne elle est parvenue à n'en attraper qu'une seule.

Cette souris-là a eu le plus bel enterrement de rongeur qu'on ait jamais vu. Big Joe menait le deuil et il a suffisamment pleuré pour nous tous réunis. Molly, Charlie et moi avons creusé la tombe, et quand nous avons déposé son corps, Molly l'a recouvert de terre et de fleurs, puis nous avons chanté *Quel ami nous avons en Jésus*. Nous étions allés au fond du verger, cachés derrière les pommiers pour que Grand-Mère Loup ne puisse ni nous voir ni nous entendre Ensuite, nous nous sommes assis autour de la tombe et nous avons fait un repas funèbre composé de mûres. Big Joe s'est arrêté de pleurer pour les manger, puis, la bouche noircie de jus, nous avons tous chanté *Oranges et Citrons* sur la tombe de la souris.

Grand-Mère Loup tentait de se débarrasser des souris par tous les moyens. Elle a mis du poison sous l'évier. Nous l'avons balayé. Elle a demandé à Bob James, le guérisseur au nez crochu qui faisait disparaître les verrues, de venir du village et de faire disparaître les souris. Il a essayé, mais en vain. En désespoir de cause, elle a dû se résoudre à les chasser de la maison avec un balai. Mais elles revenaient aussitôt. Tout cela la rendait de plus en plus méchante avec nous. Mais, pour Charlie et moi, le plaisir qu'on prenait à la voir, les cheveux dressés sur la tête d'épouvante, poussant des cris stridents de sorcière, valait bien toutes les claques qu'elle nous donnait.

Le soir, au lit, notre histoire sur Grand-Mère Loup et le Colonel changeait chaque fois qu'on se la racontait. À présent, le Colonel et Grand-Mère Loup n'avaient plus de bébés humains. Elle avait donné naissance à d'énormes souris-enfants, avec de longues queues et des moustaches frémissantes. Mais elle allait bientôt se révéler d'une telle méchanceté, que nous avons décidé que même cet horrible destin était trop doux pour elle.

Grand-Mère Loup avait beau gifler Molly de temps en temps, il était évident qu'elle la préférait, et de loin, à nous tous. Elle avait de bonnes raisons pour cela.

– Les filles sont gentilles, nous disait-elle souvent, elles ne sont pas grossières ni vulgaires comme les garçons.

Par ailleurs, Grand-Mère Loup était amie avec les parents de Molly. Ils vivaient comme nous dans une chaumière, sur les terres du Colonel – le père de Molly était palefrenier là-haut, à la Grande Demeure. C'étaient des gens convenables, nous disait Grand-Mère Loup, des gens bien, qui vivaient dans la crainte de Dieu et élevaient correctement leur fille – ce qui voulait dire strictement. Et pour être stricts, ils l'étaient, d'après ce que nous racontait Molly. On l'envoyait sans arrêt dans sa chambre, et son père lui administrait une correction à la moindre occasion.

Elle était enfant unique de parents âgés, et comme le disait souvent Molly, ils voulaient qu'elle soit parfaite. Quoi qu'il en soit, c'était une bonne chose pour nous que Grand-Mère apprécie sa famille, sinon je suis sûr qu'elle aurait interdit à Molly de venir nous voir. Grand-Mère Loup disait que Molly avait une bonne influence sur nous, qu'elle pouvait nous enseigner les bonnes manières, et nous rendre un peu moins grossiers. Ainsi, Dieu merci, Molly continuait à rentrer à la maison avec nous tous les jours après l'école.

Peu après l'enterrement de la souris, ce fut l'anniversaire de Big Joe. Charlie et moi nous lui avions acheté des bonbons à la boutique de Mrs. Bright, car il les aimait beaucoup. Molly lui a apporté un cadeau dans une petite boîte marron avec des trous pour laisser passer l'air et des élastiques tout autour. Pendant la classe, elle l'avait cachée derrière des arbustes, au fond de la cour de récréation. En rentrant de l'école, cédant à notre insistance, elle avait fini par nous montrer ce que c'était : un rat des moissons, le plus joli petit rongeur que j'aie jamais vu, avec ses grandes oreilles et ses yeux écarquillés. Elle l'a caressé du doigt et il s'est redressé dans la boîte, nous a regardés, les moustaches frémissantes. Elle l'a offert à Big Joe après le thé, au bout du verger, hors de vue de la chaumière, bien à l'abri du regard vigilant de Grand-Mère Loup. Big Joe a serré Molly si fort contre lui qu'on aurait dit qu'il ne la lâcherait jamais. Il a gardé sa souris d'anniversaire dans sa boîte et l'a cachée dans un tiroir de la commode de sa chambre – il disait qu'il faisait trop froid dans l'appentis avec ses autres bestioles. Le petit rat des moissons est aussitôt devenu son animal préféré. Nous avons tous essayé de faire comprendre à Big Joe qu'il ne devait surtout pas en parler à Grand-Mère Loup, car elle prendrait son rat et le tuerait.

Je ne sais comment elle l'a découvert, mais quelques jours plus tard, en revenant de l'école, nous avons trouvé Big Joe assis par terre dans sa chambre, sanglotant à fendre l'âme, son tiroir vide à côté de lui. Grand-Mère Loup est entrée dans la pièce comme un ouragan, disant qu'elle ne supporterait plus aucune de ces bestioles puantes dans sa maison. Pire encore : afin d'être sûre qu'il n'apporte jamais aucun de ses animaux à l'intérieur, elle s'était débarrassée d'eux : l'orvet, les deux lézards, le hérisson. Big Joe avait perdu sa famille d'animaux, il avait le cœur brisé. Molly a crié à Grand-Mère Loup qu'elle était une femme cruelle, oui, cruelle, et qu'elle irait en enfer après sa mort, puis elle a couru chez elle en larmes.

Cette nuit-là, Charlie et moi avons inventé une histoire dans laquelle nous mettions de la mort-aux-rats dans le thé de Grand-Mère Loup pour la tuer. Nous avons quand même fini par nous débarrasser d'elle, mais heureusement sans avoir recours à la mort-aux-rats. Un miracle a eu lieu, un merveilleux miracle.

D'abord, l'épouse du Colonel est décédée dans sa chaise roulante. Nous n'avions donc pas eu besoin de la pousser dans le lac. Elle s'est étranglée en avalant de travers un petit pain au lait à l'heure du thé, et malgré tous les efforts de notre mère pour la sauver, elle s'est arrêtée net de respirer. Un grand enterrement a eu lieu, auquel nous avons tous été obligés d'aller. Elle reposait dans un cercueil de bois luisant, couvert de fleurs et muni de poignées d'argent. Le pasteur a dit combien elle était aimée dans la paroisse, et – première nouvelle – à quel point elle s'était dévouée sa vie durant au bien-être de tous ceux qui vivaient sur ses terres.

Ensuite, ils l'ont descendue dans son caveau de famille, sous l'église, pendant que nous chantions tous *Demeure en moi*. Pour ma part, je pensais que je préférerais être dans le simple cercueil de mon père, enterré dehors, là où le soleil brille et le vent souffle, que dans un de ces trous lugubres en compagnie d'une foule de parents morts. Mère a dû sortir Big Joe au milieu du cantique, car il s'était mis à chanter *Oranges et Citrons* à tue-tête et ne voulait plus s'arrêter. Grand-Mère Loup nous a montré les dents – comme un loup – et a plissé le front en signe de désapprobation. Nous ne le savions pas encore à ce moment-là, mais elle allait bientôt disparaître presque entièrement de nos vies, emportant sa colère, toutes ses menaces et sa désapprobation avec elle.

Et soudain, joie suprême, Mère est revenue à la

maison avec nous ! Quant au départ de Grand-Mère Loup, ce ne serait plus qu'une question de temps, c'est du moins ce que nous espérions. Il n'y avait plus de travail pour Mère à la Grande Demeure, plus de dame à servir. Elle restait à la maison, et peu à peu, elle est redevenue elle-même. Des disputes épiques et furibondes éclataient entre elle et Grand-Mère Loup, surtout à propos de la façon dont cette dernière traitait Big Joe. Mère disait que maintenant qu'elle était à la maison, elle ne le supporterait plus. Nous écoutions chaque mot avec ravissement. Mais une ombre envahissante obscurcissait cette nouvelle joie. Nous voyions bien que Mère ne travaillant plus, l'argent ne rentrait pas et que la situation s'aggravait de jour en jour. Il n'y avait plus un sou dans la tasse posée sur la cheminée, et de moins en moins de nourriture à table. Pendant une période, nous n'avions pratiquement plus que des pommes de terre à manger, et nous savions très bien que tôt ou tard, le Colonel nous chasserait de notre maison. Nous nous attendions à ce qu'il frappe à la porte d'un moment à l'autre. Et nous commencions à avoir vraiment faim.

C'est Charlie qui a eu l'idée de braconner : des saumons, des truites de mer, des lapins, et même des biches avec un peu de chance. Notre père avait un peu braconné et Charlie savait comment s'y prendre. Molly et moi devions faire le guet. Il pouvait tendre des pièges ou pêcher. Ainsi, à l'aube ou au crépuscule, chaque fois que nous pouvions être ensemble, nous allions sur les terres du Colonel : dans les forêts du Colonel, dans la rivière du Colonel qui était pleine de saumons et de truites de mer. Nous ne pouvions pas emmener Big Joe, car il risquait de se mettre à chanter n'importe quand et de nous faire prendre. En outre, il l'aurait dit à notre mère. Il lui disait toujours tout.

Nous nous en sortions bien. Nous avons rapporté un tas de lapins, quelques truites et, un jour, un saumon de sept kilos. Nous avions enfin quelque chose à manger avec nos pommes de terre. Notre mère n'était pas au courant. Elle n'aurait pas du tout apprécié ce genre de choses, et nous ne voulions surtout pas que Grand-Mère Loup l'apprenne : elle se serait précipitée chez le Colonel pour nous dénoncer – « Mon ami, le Colonel », comme elle l'appelait. Elle ne tarissait pas d'éloges sur lui, et nous savions qu'il fallait rester sur nos gardes. Nous disions que nous attrapions nos lapins dans le verger, et les poissons dans la petite rivière du village. Les truites qu'on trouvait là-bas étaient minuscules, mais ni Mère ni Grand-Mère Loup ne le savaient. Charlie leur racontait que le saumon devait avoir remonté la rivière pour pondre des œufs. Ce que font effectivement les saumons. Charlie mentait toujours très bien et elles le croyaient. Heureusement.

Molly et moi, nous faisions le guet pendant que Charlie tendait des pièges ou posait ses filets. Lambert, le régisseur du Colonel, avait beau être vieux, il était malin, et nous savions qu'il lâcherait son chien sur nous s'il nous prenait sur le fait. Un soir tard, nous étions assis près du pont pendant que Charlie posait des filets en aval du courant, quand Molly m'a pris la main et l'a serrée entre les siennes.

— Je n'aime pas quand il fait noir, a-t-elle murmuré.

Je n'avais jamais été aussi heureux.

Lorsque le Colonel est venu à la maison, le lendemain, j'ai cru que c'était soit parce que nous avions été découverts, soit pour nous expulser. Ce n'était pour aucune de ces deux raisons. Grand-Mère Loup semblait l'attendre, ce qui était étrange. Elle est allée à la porte et l'a invité à entrer. Il a salué Mère d'un hochement de tête et a froncé les sourcils vers nous. Grand-Mère Loup nous a fait signe de sortir et a prié le Colonel de s'asseoir. Nous avons essayé d'écouter à la porte, mais Big Joe ne restait pas en place. Il nous faudrait donc attendre avant de savoir, avant d'entendre le pire. En fait, il s'est avéré que le pire n'était pas du tout le pire, mais le meilleur.

Après le départ du Colonel, Grand-Mère Loup nous a appelés et nous a dit de rentrer. J'ai aussitôt vu qu'elle était rayonnante, toute gonflée d'importance.

— Votre mère vous expliquera, nous a-t-elle déclaré pompeusement, en mettant son bonnet. Je dois monter dès à présent à la Grande Demeure. J'ai du travail à faire.

Mère a attendu qu'elle soit partie, puis, ne pouvant s'empêcher de sourire, elle nous a expliqué ce qui se passait.

– Eh bien, vous savez que votre grand-tante a travaillé comme gouvernante à la Grande Demeure ?

– Et que la femme du Colonel l'a fichue dehors ? a dit Charlie.

– Elle a perdu son travail, en effet, a repris Mère. Eh bien, maintenant que l'épouse du Colonel est décédée, il semble que le Colonel veuille la reprendre comme gouvernante à demeure. Elle va s'installer là-bas dès que possible.

Je n'ai pas sauté de joie, mais ce n'est pas l'envie qui m'en manquait.

– Et pour la maison ? a demandé Charlie. Est-ce que ce vieux crétin va nous expulser ?

– Non, mon chéri. Nous ne bougeons pas, a répondu Mère. Il a dit que sa femme m'aimait bien et qu'elle lui avait fait promettre de veiller sur moi s'il lui arrivait quelque chose. Il tient donc sa promesse. On peut dire ce qu'on veut du Colonel, mais c'est un homme de parole. J'ai accepté de m'occuper du linge et des travaux de couture. Je peux presque tout faire à la maison. Comme ça nous aurons un peu d'argent. On se débrouillera. Alors, vous êtes contents ? Nous pouvons rester là !

Nous avons poussé des cris de joie, et Big Joe aussi, encore plus fort que nous. Ainsi, nous pouvions rester dans notre chaumière, et Grand-Mère Loup partait.

Nous étions libérés, tout allait de nouveau le mieux du monde. Pour un temps au moins.

Comme ils étaient tous deux plus âgés que moi, Molly de deux ans et Charlie de trois, ils couraient toujours plus vite. J'ai l'impression d'avoir passé une grande partie de ma vie à les regarder courir devant moi, gambader dans l'herbe haute des prairies, les nattes de Molly virevoltant autour de sa tête, leurs rires mêlés résonnant gaiement. Lorsqu'ils partaient trop loin en avant, j'avais parfois l'impression qu'ils voulaient me semer. Je me mettais alors à geindre pour leur faire savoir que je me sentais malheureux, abandonné, et ils attendaient que je les rattrape. Le mieux, c'était quand Molly revenait me chercher et me prenait par la main.

Lorsque nous ne braconnions pas le poisson du Colonel ou que nous ne chapardions pas ses pommes – surtout par goût du risque –, nous vagabondions en sauvages dans la campagne. Molly grimpait aux arbres comme un chat, plus rapide que nous deux. Parfois, nous descendions au bord de la rivière pour regarder les martins-pêcheurs piquer dans l'eau comme des éclairs, ou bien nous allions nager dans l'étang Okement, planté de saules tout autour, là où l'eau était sombre, profonde et mystérieuse, et où personne ne venait jamais.

Je me souviens du jour où Molly a mis Charlie au défi d'ôter tous ses vêtements, et où, à ma grande surprise, il l'a fait. Ensuite, ce fut son tour, et ils se sont mis à courir en criant et à se jeter tout nus dans l'eau. Quand ils m'ont appelé pour que je les imite, je n'ai pu m'y résoudre, pas devant Molly. Alors je me suis assis au bord de l'étang en boudant. Je les regardais rire et s'éclabousser, en me disant que j'aurais aimé avoir le courage de faire la même chose que Charlie, et être avec eux. Molly s'est rhabillée derrière un buisson en nous ordonnant de ne pas regarder. Mais nous avons regardé quand même. C'était la première fois que je voyais une fille sans vêtements. Elle était très mince, toute blanche, et elle essorait ses nattes comme du linge mouillé.

Il a fallu plusieurs jours avant qu'ils n'arrivent à m'entraîner avec eux. Molly avait de l'eau jusqu'à la taille et cachait ses yeux derrière ses mains.

– Viens Tommo! a-t-elle crié. Je ne regarde pas. Promis!

Comme je ne voulais pas rester à l'écart une fois de plus, je me suis déshabillé et j'ai couru jusqu'à l'étang, en me couvrant avec les mains, au cas où Molly regarderait entre ses doigts. Après avoir osé le faire ce jour-là, je n'ai plus eu aucun mal à recommencer.

Parfois, lorsque nous étions fatigués de tous nos jeux, nous nous allongions là où l'étang était peu profond et nous parlions, en nous laissant caresser par l'eau. Comme nous parlions! Un jour, Molly nous a dit qu'elle voulait mourir tout de suite, qu'elle ne voulait pas que vienne le lendemain car aucun

lendemain ne serait jamais aussi beau qu'aujour-
d'hui.

– Je le sais, a-t-elle dit en s'asseyant dans l'eau et
en ramassant une poignée de petits cailloux. Je vais
lire votre avenir. J'ai vu des Tsiganes le faire.

Elle a ramassé des gravillons, a fermé les yeux puis
les a dispersés sur la berge boueuse. Elle s'est age-
nouillée au-dessus des petits cailloux, et s'est mise à
parler sérieusement, lentement, comme si elle lisait.

– Ils disent que tant que nous resterons ensemble,
nous aurons de la chance et nous serons heureux. Puis
elle nous a souri. Et les pierres ne mentent jamais.
Nous sommes liés pour la vie.

Pendant un an ou deux, les faits ont donné raison
aux cailloux de Molly. Mais ensuite, Molly est tombée malade. Un matin, elle n'est pas venue à l'école.
Elle avait la scarlatine, nous a dit Mr. Munnings,
et c'était très sérieux. Le soir, après le thé, nous
nous sommes rendus chez elle, Charlie et moi, avec
quelques pois de senteur que Mère avait cueillis pour
elle, car c'étaient les fleurs qui avaient le parfum le
plus doux. Nous savions que nous n'aurions pas le
droit de la voir, la scarlatine étant une maladie très
contagieuse, mais la mère de Molly semblait ne pas
apprécier du tout notre visite. Elle avait toujours l'air
morne et morose, mais ce jour-là, elle était carré-
ment en colère. Elle a pris les fleurs sans leur jeter un
regard, et nous a dit qu'il valait mieux que nous ne
revenions pas. Puis le père de Molly est apparu der-

rière elle, renfrogné, débraillé, et il nous a dit de partir, que nous troublions le sommeil de sa fille. En m'éloignant, je pensais à Molly, qui devait être si malheureuse de vivre dans cette petite chaumière miteuse avec un père et une mère comme ça, et aux arbres qui ne tombent pas sur les pères qui le mériteraient. Nous nous sommes arrêtés au bout du chemin pour regarder vers la fenêtre de Molly, espérant qu'elle viendrait nous faire signe. Elle n'est pas venue et nous avons compris qu'elle devait être vraiment malade.

Charlie et moi ne disions plus jamais nos prières, depuis le catéchisme, mais nous avons recommencé à prier. Agenouillés à côté de Big Joe, nous priions tous les soirs pour que Molly ne meure pas. Joe chantait *Oranges et Citrons* et ensuite, nous disions Amen. Nous croisions les doigts, aussi, pour faire bonne mesure.

Minuit moins dix

Je ne suis pas sûr d'avoir jamais vraiment cru en Dieu, même quand j'allais au catéchisme. À l'église, je contemplais le vitrail où Jésus était cloué sur la croix, j'étais désolé pour lui car je voyais à quel point c'était cruel, comme il devait avoir mal. Je savais que c'était un homme bon et généreux. Mais je n'ai jamais bien compris pourquoi Dieu, qui était censé être son père, et tout-puissant, avait laissé faire ça, l'avait laissé souffrir autant. Je pensais alors, et je pense toujours, que croiser les doigts ou déchiffrer les cailloux de Molly est aussi fiable ou peu fiable que prier Dieu. Je ne devrais pas raisonner ainsi, car s'il n'y a pas de Dieu, alors il ne peut y avoir de paradis. Et cette nuit, je veux croire très fort que le paradis existe, que, comme le disait notre père, il y a une nouvelle vie après la mort, que la mort n'est pas un point final, que nous nous reverrons tous.

C'est pendant que Molly était au lit avec la scarlatine que Charlie et moi avons découvert que si les cailloux de Molly nous avaient déçus dans un sens, dans l'autre, ils avaient quand même dit la vérité : lorsque nous étions avec elle, tous les trois ensemble, nous avions de la chance, alors que sans elle, nous n'en avions pas. Jusqu'alors, quand nous allions braconner tous les trois dans la rivière du Colonel, nous n'avions jamais été pris. Nous l'avions échappé belle deux ou trois fois avec le vieux Lambert et son chien, mais notre système de guet avait toujours fonctionné. Dès que nous les entendions venir, nous nous arrangions pour nous éclipser. Mais la première fois où nous sommes allés braconner sans Molly, les choses ont mal tourné, très mal tourné, à cause de moi.

Nous avions choisi une nuit idéale pour sortir, sans un souffle de vent, de sorte que nous pouvions entendre quiconque arriver. Avec Molly à côté de moi pour guetter, je ne me serais jamais assoupi. Nous aurions entendu le vieux Lambert et son chien suffisamment à temps pour que Charlie sorte de la rivière et pour nous enfuir tous les trois. Mais cette nuit-là, j'ai manqué de concentration. Je m'étais installé confortablement, sans doute trop, à l'endroit habituel, près du pont, tandis que Charlie tendait ses filets en aval du courant. Au bout d'un moment, je me suis endormi. Je ne me laisse pas facilement aller au sommeil, mais quand je dors, je dors à poings fermés.

La première chose que j'ai sentie, c'est un chien qui reniflait dans mon cou. Puis il m'a aboyé à la figure, tandis que le vieux Lambert me tirait pour me relever. Charlie était là, au milieu de la rivière éclairée par la lune, en train de sortir ses filets.

– Les fils Peaceful ! Jeunes vauriens ! a grommelé Lambert. Pris la main dans le sac ! Vous n'y couperez pas, ça c'est sûr !

Charlie aurait pu me laisser là. Il aurait pu prendre ses jambes à son cou et s'enfuir sans problème, mais Charlie n'est pas comme ça. Il ne l'a jamais été.

Le fusil de Lambert braqué sur nous, il a fallu faire demi-tour, longer la rivière puis monter jusqu'à la Grande Demeure, son chien sur nos talons qui grondait de temps à autre, juste pour nous rappeler qu'il nous dévorerait tout crus à la moindre tentative de fuite. Lambert nous a enfermés dans l'écurie, et nous a laissés là. Nous avons attendu dans l'obscurité, entre les chevaux qui mastiquaient bruyamment, qui s'ébrouaient autour de nous. La lumière d'une lampe approchait, bien trop vite à notre goût, ainsi que des bruits de pas et de voix. Le Colonel est arrivé, en pantoufles et robe de chambre. Grand-Mère Loup l'accompagnait en bonnet de nuit, l'air aussi féroce que le chien de Lambert.

Le Colonel nous a regardés l'un après l'autre, en hochant la tête avec dégoût. Mais c'est Grand-Mère Loup qui a parlé la première.

– Je n'ai jamais ressenti une telle honte de toute ma

vie, a-t-elle dit. Ma propre famille ! Quelle bassesse ! Quelle humiliation ! Après tout ce que le Colonel a fait pour nous ! De simples voleurs, voilà ce que vous êtes. Rien d'autre que de simples voleurs !

Puis le Colonel a pris la parole à son tour :

– Il n'y a qu'une seule façon de traiter de jeunes voyous comme vous. Je pourrais vous conduire devant le juge, mais comme le juge, c'est moi, je ne vois pas pourquoi on se compliquerait la vie, n'est-ce pas ? Je vais donc prononcer la sentence sur-le-champ. Vous viendrez ici demain matin à dix heures sonnantes, et je vous infligerai à chacun la correction que vous n'avez pas volée. Ensuite, vous resterez et vous nettoierez le chenil des chiens de chasse jusqu'à ce que je vous donne l'autorisation de partir. Ça vous apprendra à braconner sur mes terres !

Une fois rentrés à la maison, il a fallu expliquer à notre mère tout ce que nous avions fait, et tout ce que le Colonel avait dit. C'est Charlie qui s'en est presque entièrement chargé. Mère est restée assise à nous écouter en silence, le visage de marbre. Lorsqu'elle a parlé, sa voix n'était plus qu'un murmure.

– Je peux vous assurer une chose, a-t-elle commencé. Il n'y aura pas de correction. Il faudrait d'abord me passer sur le corps !

Puis elle a levé vers nous ses yeux pleins de larmes.

– Mais pourquoi ? Vous m'aviez dit que vous pêchiez dans la petite rivière du village. Vous me l'aviez dit. Oh ! Charlie, Tommo !

Big Joe lui caressait les cheveux. Il était anxieux et troublé. Elle lui a tapoté le bras.

– Ne t'inquiète pas, Joe. Je monterai là-haut demain, moi aussi. Que vous nettoyiez le chenil, ça m'est égal – vous le méritez. Mais la punition doit s'arrêter là. Je ne laisserai pas cet homme lever la main sur vous, pas question, quoi qu'il arrive.

Mère a tenu promesse. Comment elle a fait, ce qu'ils se sont dit, nous ne l'avons jamais su, mais le lendemain, après avoir vu le Colonel dans son bureau, elle nous a demandé de lui présenter nos excuses. Alors, après un long sermon sur les atteintes à la propriété privée, le Colonel nous a déclaré qu'il avait changé d'avis, qu'au lieu d'une correction, nous serions affectés au nettoyage du chenil tous les samedis et tous les dimanches jusqu'à Noël.

En fait, cela ne nous a pas pesé le moins du monde, car, bien que l'odeur fût repoussante, les chiens de chasse restaient autour de nous pendant que nous travaillions, avec leurs queues hautes qu'ils remuaient joyeusement. Nous nous arrêtions souvent de nettoyer pour les caresser, après avoir vérifié que personne ne nous voyait. Nous avions notre chienne préférée qui s'appelait Bertha. Elle était presque entièrement blanche, avec le bout d'une patte marron, et elle avait des yeux magnifiques. Elle restait toujours là, nous regardant avec adoration, pendant que nous récurions et balayions. Chaque fois que je la regardais dans les yeux, je pensais à

Molly. Comme Bertha, elle avait aussi les yeux couleur de miel de bruyère.

Nous devions être prudents, car Grand-Mère Loup, plus imbue d'elle-même que jamais, débarquait fréquemment dans la cour de l'écurie pour s'assurer que nous faisions correctement notre travail. Elle avait toujours quelque chose de méchant à nous dire : « C'est bien fait pour vous », « Ça vous apprendra », ou « Vous devriez avoir honte ». Et elle accompagnait toujours ses mots d'un soupir peiné, désapprobateur. Pour finir, elle lançait des piques blessantes contre notre mère : « Évidemment, avec la mère que vous avez, ça ne peut pas être entièrement votre faute, n'est-ce pas ? »

La veille de Noël est arrivée et notre punition a été enfin levée. Après avoir fait de tendres adieux à Bertha, nous avons dévalé à toute allure l'allée du Colonel, en laissant échapper des bruits grossiers et sonores, puis nous avons couru à la maison. Là, nous attendait le plus beau cadeau de Noël que nous pouvions espérer. Molly était assise, et elle a souri en nous voyant entrer. Elle était encore pâle, mais elle était revenue nous voir. Nous étions de nouveau ensemble. Ses cheveux étaient coupés plus courts. Ses nattes avaient disparu, ce qui la changeait complètement. Ce n'était plus une petite fille. Il émanait d'elle une beauté différente, à présent, une beauté qui a aussitôt éveillé en moi un amour nouveau, plus profond.

Je pense que, sans le savoir, j'avais toujours grandi en ayant Molly et Charlie pour modèles, en me comparant constamment à eux. Peu à peu, cependant, je me rendais compte avec tristesse que j'étais loin derrière. Je n'étais pas simplement plus petit et plus lent qu'eux – je n'avais jamais aimé ça, mais je m'y étais habitué. Le problème était que l'écart entre nous se creusait chaque jour davantage. Tout avait commencé lorsque Molly était passée dans la classe des Grands. J'étais coincé chez les Petits, tandis que Charlie et elle grandissaient en s'éloignant de moi. Cependant, tant que nous étions toujours à la même école, je ne m'en faisais pas trop, car je restais près d'eux. Nous partions ensemble le matin, nous déjeunions ensemble, comme nous l'avions toujours fait – dans l'office de la cuisine du presbytère, où la femme du pasteur nous apportait de la citronnade, et nous rentrions ensemble.

J'attendais toute la journée ce long trajet jusqu'à la maison, lorsque l'école était finie : leurs amis n'étaient plus avec nous, le redoutable Mr. Munnings était hors de vue et de mon esprit jusqu'au lendemain. Nous dévalions la colline jusqu'à la petite rivière, enlevions nos lourdes bottes et libérions enfin nos pieds douloureux. Nous nous asseyions sur la berge en remuant nos orteils dans la fraîcheur bénie de l'eau. Allongés dans l'herbe, parmi les boutons-d'or des prairies détrempées, nous levions les yeux vers les nuages qui filaient dans le ciel, vers les corneilles fouettées par le vent, à la poursuite d'une buse criarde. Ensuite, nous longions la rivière jusqu'à la maison, les pieds dans la vase, les orteils couverts de boue. C'est drôle quand j'y pense, il y a eu une époque où j'aimais la boue, son odeur, sa consistance, où j'aimais patauger dedans. Plus maintenant.

Puis soudainement, juste après l'anniversaire de mes douze ans, ce bon temps a pris fin. Charlie et Molly ont quitté l'école, je me suis retrouvé seul. J'étais un Grand, dans la classe de Mr. Munnings, que je haïssais désormais plus encore que je ne le craignais. Je me levais chaque matin, plein d'appréhension. Charlie et Molly avaient tous deux trouvé du travail à la Grande Demeure – comme presque tous les gens du village qui étaient employés là ou sur les terres du Colonel. Molly était aide-servante et Charlie travaillait au chenil et à l'écurie où il s'occupait des chiens et des chevaux, qu'il adorait. Molly ne venait plus nous voir aussi souvent – comme Charlie, elle travaillait six jours par semaine. Je ne la voyais plus que rarement.

Charlie rentrait tard le soir, comme Père le faisait avant lui, il accrochait sa veste à la même patère, mettait ses bottes dehors, sous l'auvent, à l'endroit où Père rangeait toujours les siennes. Il se réchauffait les pieds en bas de la cuisinière à bois, lors des froides journées d'hiver, exactement comme Père le faisait. Pour la première fois de ma vie, je me suis senti vraiment jaloux de Charlie. Je voulais mettre mes pieds en bas de la cuisinière, rentrer après mon travail, gagner de l'argent comme Charlie, avoir une voix qui ne soit pas flûtée comme celle des petits enfants de la classe de Miss McAllister. Mais plus que tout, je voulais être de nouveau avec Molly. Je voulais que nous redevenions un trio, que tout soit exactement comme avant. Mais rien ne reste jamais comme avant. Je l'ai appris à ce moment-là. Je le sais maintenant.

La nuit, lorsque nous étions couchés côte à côte, Charlie et moi, il s'endormait aussitôt. Nous n'inventions plus d'histoires, tous les deux. Je ne voyais plus Molly que le dimanche. Elle était toujours aussi gentille avec moi, mais presque trop gentille, trop protectrice, plus maternelle qu'amicale. Je m'apercevais que Charlie et elle vivaient dans un autre monde, à présent. Ils avaient des conversations interminables sur les intrigues et les ragots de la Grande Demeure, sur la Femme Loup qui rôdait partout – c'est vers cette époque qu'ils ont laissé tomber «Grand-Mère» et l'ont simplement appelée «Femme Loup». Pour la première fois, j'ai entendu des commérages sur le Colonel et la Femme Loup. Charlie disait qu'ils avaient une liaison qui durait depuis des années – que tout le monde était au courant. Que c'est pour cette raison que feu «Madame la Colonelle» l'avait fichue à la porte des années auparavant. À présent, ils vivaient comme mari et femme, là-haut, sauf que c'était elle qui portait la culotte.

Charlie et Molly parlaient des accès d'humeur noire du Colonel, qui s'enfermait parfois dans son bureau pendant plusieurs jours, et des colères du cuisinier quand les choses n'allaient pas comme il le voulait. C'était un monde auquel je ne pouvais prendre part, un monde auquel je n'appartenais pas.

Je faisais tout ce que je pouvais pour les intéresser à ma vie scolaire. Je leur racontais que nous avions entendu Miss McAllister et Mr. Munnings se disputer parce qu'il refusait d'allumer le poêle de l'école. Elle l'avait traité de sale type. Elle avait raison. Mr. Munnings n'allumait jamais le poêle avant que les flaques de la cour ne soient gelées, avant que nous ayons si froid aux doigts que nous ne puissions plus écrire. Il lui a crié qu'il chaufferait les classes quand il le jugerait opportun, que de toute façon la souffrance faisait partie de la vie, que c'était bon pour l'âme des enfants. Charlie et Molly faisaient semblant d'être intéressés, mais je me rendais compte qu'ils ne l'étaient pas. Puis un jour, près de la rivière, je me suis retourné et je les ai vus s'éloigner de moi à travers les prairies, en se tenant par la main. Nous nous étions déjà tenus par la main auparavant, souvent, mais tous les trois. J'ai immédiatement compris que là, c'était différent. Tandis que je les regardais, j'ai senti une brusque douleur dans mon cœur. Je ne crois pas que c'était de la colère ni de la jalousie, mais plutôt un sentiment de perte, de profond chagrin.

Notre trio se reformait encore quelquefois, mais ces moments étaient de plus en plus rares et espacés. Je me souviens du jour de l'aéroplane jaune. C'était la première fois que nous en voyions un. Nous en avions entendu parler, nous avions vu des photographies, mais jusqu'à ce jour, je ne croyais sans doute pas qu'ils existaient et qu'ils volaient vraiment. Il fallait en voir un pour y croire. Molly, Charlie et moi étions en train de pêcher des épinoches dans la petite rivière, ou des truites brunes quand la chance nous souriait. Nous n'avions plus braconné de saumons, Mère nous l'avait fait promettre.

C'était la fin d'un jour d'été et nous étions sur le point de rentrer à la maison, lorsque nous avons entendu le bruit d'un moteur au loin. Au début, nous avons pensé que c'était la voiture du Colonel – sa Rolls-Royce était la seule voiture à des kilomètres à la ronde – mais nous nous sommes tous rendu compte en même temps que c'était un autre genre de moteur, très différent. Nous entendions un vrombissement intermittent, comme le bégaiement d'un millier d'abeilles. En outre, ça ne venait pas du tout de la route, mais d'en haut, au-dessus de nous. Un peu plus loin, en remontant le courant de la rivière, des canards se sont envolés, effrayés, dans un déploiement de gloussements et de clapotements. Nous avons couru nous abriter derrière les arbres pour mieux voir. Un aéroplane ! Nous le regardions, fascinés, décrire des cercles dans le ciel comme un oiseau jaune et disgracieux, avec ses vastes ailes qui oscillaient, instables. Nous pouvions voir le pilote penché hors du cockpit, qui nous regardait avec ses grosses lunettes. Nous lui avons fait de grands gestes de la main, et il nous a fait signe en retour. Puis il est descendu de plus en plus bas. Les vaches se sont dispersées dans la prairie. L'aéroplane allait atterrir. Il toucha le sol, cahotant, bringuebalant, et s'arrêta à une cinquantaine de mètres de nous.

Le pilote n'est pas sorti, mais il nous a fait signe d'approcher. Nous n'avons pas hésité.

– Il vaut mieux que je ne coupe pas les gaz ! a-t-il crié par-dessus le rugissement du moteur.

Il riait, et il a relevé ses lunettes.

– Cette sacrée machine pourrait ne pas repartir. Écoutez, en fait, je suis un peu perdu. Cette église, là-haut sur la colline, c'est bien celle de Lapford ?

– Non, lui a répondu Charlie en parlant le plus fort possible. C'est Iddleseigh. L'église Saint-James.

Le pilote a regardé sa carte.

– Iddleseigh ? Vous êtes sûrs ?

– Oui, avons-nous crié.

– Hou là là ! J'étais vraiment perdu ! C'est une sacrée chance que je me sois arrêté, non ? Merci pour votre aide. Il vaut mieux que je reparte.

Il a remis ses lunettes et nous a souri.

– Venez voir. Vous aimez les bonbons à la menthe ?

Il en a sorti un paquet qu'il a tendu à Charlie.

– Salut alors, a-t-il dit. Ne restez pas trop près. C'est parti !

Sur ces mots, il s'est éloigné en cahotant le long de la haie, avec son moteur qui toussotait. Je me suis dit qu'il ne pourrait jamais décoller à temps. Il y est arrivé, mais de justesse, ses roues taillant le haut de la haie au passage, avant de prendre enfin de l'altitude. Il a viré sec, puis s'est dirigé droit vers nous. Nous n'avions plus le temps de courir, mais seulement de nous jeter à plat ventre dans l'herbe haute. Nous avons senti le brusque déplacement d'air lorsqu'il est passé au-dessus de nous. Quand nous nous sommes retournés, il montait au-dessus des arbres, et s'éloignait. Nous le voyions rire et nous faire signe. Nous l'avons regardé voler au-dessus du clocher de l'église, puis disparaître au loin. Il était parti, nous laissant étendus par terre, le souffle coupé, dans le silence qu'il avait laissé derrière lui.

Nous sommes restés là un bout de temps, allongés dans l'herbe haute, à sucer nos bonbons et à regarder une alouette solitaire voler au-dessus de nous, et à sucer nos bonbons. Lorsque Charlie les a partagés, il y en avait cinq pour chacun et cinq pour Big Joe aussi.

– C'était bien réel ? a soufflé Molly. Est-ce que c'est vraiment arrivé ?

– Puisque nous avons nos bonbons, c'est vraiment arrivé, tu ne crois pas ?

– À partir d'aujourd'hui, chaque fois que je mangerai un bonbon à la menthe, a dit Molly, chaque fois que je verrai des alouettes, je penserai à cet aéroplane jaune, à nous trois, exactement comme nous sommes en ce moment.

– Moi aussi, ai-je dit.

– Moi aussi, a dit Charlie.

La plupart des gens du village avaient vu l'aéroplane, mais nous trois seulement étions là lorsqu'il avait atterri, nous trois seulement avions parlé au pilote. J'en étais fier – et même trop fier – comme j'allais le constater. Je n'arrêtais pas de raconter cette histoire à l'école, sous plusieurs versions améliorées, en montrant mes bonbons à tout le monde pour prouver que je disais la vérité. Mais quelqu'un avait dû me moucharder, car Mr. Munnings est venu droit sur moi en classe, et sans aucune raison m'a demandé de vider mes poches. Il me restait trois de mes précieux bonbons qu'il m'a tous confisqués. Ensuite, il m'a tiré par l'oreille jusqu'à l'estrade, et là il m'a donné six coups de règle sur les doigts, à sa façon très spéciale, du côté tranchant, en plein sur les articulations. Pendant qu'il me frappait, je l'ai regardé dans les yeux et j'ai réussi à les lui faire baisser. Cela n'a pas apaisé ma douleur, je ne suis pas sûr non plus qu'il ait eu le moindre regret, mais le fait de l'avoir soudain défié m'a réconforté, tandis que je regagnais ma place.

Cette nuit-là, couché dans mon lit, mes jointures me faisaient toujours mal. Je mourais d'envie de raconter à Charlie ce qui s'était passé, mais je savais que tout ce qui se rapportait à l'école l'ennuyait à présent, donc je ne disais rien. Mais plus je restais là, dans mon lit, en train de penser à mes articulations et à mes bonbons, plus je brûlais d'impatience de lui parler. J'entendais à sa respiration qu'il ne dormait pas. Pendant un instant, il m'a semblé que c'était peut-être le moment de lui raconter ce qui s'était passé avec Père, comment je l'avais tué dans la forêt, il y a bien longtemps. Ça, au moins, ça l'intéresserait. J'ai essayé, mais je n'ai pas trouvé le courage de le faire. À la fin, tout ce que je lui ai dit, c'est que Mr. Munnings m'avait confisqué mes bonbons.

– Je le déteste, j'espère qu'il va s'étrangler avec !

Mais alors même que je lui parlais, j'ai senti qu'il ne m'écoutait pas.

– Tommo, a-t-il murmuré, j'ai des ennuis.

– Qu'est-ce qui se passe ? lui ai-je demandé.

– J'ai vraiment des ennuis, mais je ne pouvais pas faire autrement. Tu te souviens de Bertha, la chienne de chasse, ce fox-hound blanc, là-haut, à la Grande Demeure, celle qui nous plaisait tant ?

– Bien sûr !

– Eh bien, c'est toujours ma préférée. Cet après-midi, le Colonel vient au chenil et me dit… Il me dit qu'il va devoir tuer Bertha. Je lui demande pourquoi. « Parce qu'elle devient un peu trop vieille, un peu trop lente, me répond-il. Parce que chaque fois qu'on va chasser, elle part de son côté et se perd. Elle n'a plus aucune utilité, ni pour la chasse, ni pour personne. » Je lui ai demandé de ne pas la tuer, Tommo. Je lui ai dit que c'était ma chienne préférée. « Préférée ! s'est-il exclamé en éclatant de rire. Préférée ? Comment peux-tu avoir un chien préféré ? Qu'est-ce que c'est que ces niaiseries, cette sensiblerie ? Cette chienne fait simplement partie d'une meute de bêtes stupides, mon garçon, ne l'oublie pas. » Je l'ai supplié, Tommo. Je lui ai dit qu'il ne devrait pas le faire. Là, il s'est vraiment mis en colère. Il a crié que c'étaient ses fox-hounds, qu'il les tuait à sa guise, et qu'il ne voulait plus entendre un seul mot de ma part à ce sujet. Alors, tu sais ce que j'ai fait, Tommo ? Je l'ai volée. À la nuit tombée, je me suis enfui avec elle, en nous cachant derrière les arbres pour qu'on ne nous voie pas.

– Où est-elle, maintenant ? lui ai-je demandé. Qu'est-ce que tu en as fait ?

– Tu te souviens de ce vieil abri forestier dont Père se servait, dans le bois de Ford Cleave ? Je l'ai laissée là pour la nuit. Je lui ai donné à manger. Molly a fauché un peu de viande pour moi à la cuisine. Bertha sera bien, là-bas. Personne ne l'entendra, enfin avec un peu de chance.

– Mais demain, qu'est-ce que tu vas en faire ? Et si le Colonel s'en aperçoit ?

– Je ne sais pas, Tommo, a dit Charlie. Je ne sais pas.

Nous n'avons quasiment pas fermé l'œil de la nuit.

Je restais là, aux aguets, craignant d'entendre Bertha. Quand je sombrais dans le sommeil, je me réveillais aussitôt en croyant l'avoir entendue aboyer. Mais c'était toujours un cri de renard. Une fois, ce fut même une chouette qui hululait juste devant notre fenêtre.

Minuit vingt-quatre

Je n'ai pas vu un seul renard depuis que je suis là. Ce n'est guère surprenant, à vrai dire. Mais j'ai entendu des chouettes. Comment un oiseau peut-il survivre au milieu de tout cela, je ne le comprendrai jamais. J'ai même vu des alouettes au-dessus du no man's land, qui pour moi ont toujours été une raison d'espérer.

— Il comprendra tout de suite, m'a chuchoté Charlie au lit, tandis que l'aube se levait. Dès qu'il s'apercevra que Bertha a disparu, le Colonel saura que c'est moi. Je ne lui dirai pas où elle est. Il pourra faire ce qu'il voudra, je ne lui dirai pas.

Nous avons pris notre petit déjeuner en silence, Charlie et moi, espérant que l'inévitable tempête n'éclaterait pas, tout en sachant qu'elle viendrait tôt ou tard. Comme toujours quand il y avait de l'anxiété dans l'air, Big Joe a senti que quelque chose n'allait pas. Il se balançait d'avant en arrière et ne touchait pas à son déjeuner. Si bien que Mère aussi a compris qu'il y avait un problème.

Lorsqu'elle avait des soupçons, il était difficile de lui cacher la vérité, et nous n'étions pas très forts dans ce domaine, ce matin-là, moins que jamais.

– Vous attendez Molly ? a-t-elle demandé, en tâtant le terrain.

On frappait fort à la porte, et avec insistance. Elle savait que ce n'était pas Molly. Il était trop tôt, et de toute façon, Molly ne frappait pas de cette façon. En outre, je pense qu'elle voyait sur nos visages que nous attendions un visiteur peu désiré. Comme nous le craignions, c'était le Colonel.

Mère l'a invité à entrer. Il est resté debout, nous foudroyant du regard, les lèvres pincées, pâle de fureur.

– J'imagine que vous savez pourquoi je suis venu, madame Peaceful, a-t-il commencé.

– Non, Colonel, je ne sais pas, a répondu Mère.

– Ce petit démon ne vous a donc rien dit !

Il criait, maintenant, brandissant sa canne en direction de Charlie. Big Joe s'est mis à geindre et a saisi la main de Mère, tandis que le Colonel continuait son réquisitoire :

– Votre fils est un sale voleur. D'abord, il prend le saumon de ma rivière. Et maintenant, alors qu'il est à mon service, que je lui ai offert un poste de confiance, il vole l'un de mes fox-hounds. Ne nie pas, mon garçon, je sais que c'est toi. Où est ma chienne ? Est-ce qu'elle est là ?

Mère a regardé Charlie, attendant des explications.

– Il allait la tuer, Mère, a-t-il dit rapidement. Il fallait que je fasse quelque chose.

– Vous voyez ! a rugi le Colonel. Il reconnaît que c'est lui ! Il le reconnaît !

Big Joe poussait des gémissements et Mère lui caressait les cheveux, essayant de le rassurer, de le réconforter. Elle a demandé à Charlie :

– Tu l'as prise pour la sauver, c'est bien ça ?

– Oui, Mère.

– Eh bien tu n'aurais pas dû, Charlie, tu n'aurais pas dû.

– Non, Mère.

– Tu vas dire au Colonel où tu l'as cachée ?

– Non, Mère.

Notre mère a réfléchi quelques instants.

– C'est bien ce que je pensais.

Elle a regardé le Colonel droit dans les yeux.

– Colonel, ai-je raison de penser que si vous voulez tuer cette chienne, c'est probablement parce qu'elle ne vous sert plus à rien, comme chien de chasse, j'entends ?

– Oui, a répondu le Colonel, mais ce que je fais de mes propres animaux, et pourquoi, ça ne vous regarde pas, madame Peaceful. Je n'ai pas d'explications à vous donner.

— Bien entendu, Colonel, a dit Mère d'une voix douce, presque gentille. Mais puisque vous alliez la tuer de toute façon, vous ne verriez pas d'inconvénient à ce que je vous la prenne pour m'occuper d'elle, n'est-ce pas ?

— Vous pouvez faire ce que vous voulez de cette maudite bête, a aboyé le Colonel. Vous pouvez même la manger, ça m'est égal. Mais votre fils me l'a prise, et ce vol ne restera pas impuni.

Mère a demandé à Big Joe d'aller chercher l'argent qui était dans la tasse, sur la cheminée.

— Voilà Colonel, a-t-elle dit calmement, en lui tendant une pièce de monnaie. Six sous. Je vous achète votre chienne six sous, ce n'est pas un mauvais prix pour un chien qui ne sert plus à rien. À présent, il n'est plus volé, n'est-ce pas ?

Le Colonel était complètement abasourdi. Il a regardé tour à tour la pièce de monnaie dans sa main, notre mère, puis Charlie. Il haletait. Enfin, retrouvant son sang-froid, il a fourré la pièce dans la poche de son gilet, et a pointé sa canne vers Charlie.

— Très bien, mais sache que tu n'es plus à mon service.

Sur ce, il a tourné les talons et claqué la porte derrière lui. Nous avons entendu ses pas s'éloigner sur le chemin, puis le portail grincer.

Nous étions fous de joie, Charlie et moi. Non seulement soulagés, mais éperdus d'admiration et de gratitude. Quelle mère nous avions ! Nous poussions des hourras et des cris de triomphe. Big Joe était de nouveau heureux, et il chantait *Oranges et Citrons* en gambadant dans la cuisine.

– Je me demande s'il y a vraiment de quoi se réjouir à ce point, a dit Mère, une fois le calme revenu. Tu sais que tu viens de perdre ton travail, Charlie ?

– Ça m'est égal, a répondu Charlie. Il peut le garder, son travail puant. J'en trouverai un autre. Mais toi, tu as bel et bien remis ce vieux schnoque à sa place. Et nous avons Bertha.

– Au fait, où est-il, ce chien ? a demandé Mère.

– Je vais te montrer, a dit Charlie.

Nous avons attendu Molly, puis nous sommes partis tous ensemble pour le bois de Ford Cleave. En arrivant près de la cabane, nous avons entendu Bertha aboyer. Charlie a couru en avant ouvrir la porte. La chienne est sortie en bondissant sur nous, glapissant de joie, sa queue balayant nos jambes. Elle sautait sur chacun de nous, léchant tout ce qu'elle pouvait, mais elle a aussitôt marqué une préférence pour Big Joe. À partir de ce jour, elle s'est mise à le suivre partout. Elle dormait même dans son lit, la nuit – Big Joe y tenait malgré tout ce que pouvait dire Mère. Bertha s'asseyait sous le pommier, en jappant vers lui, tandis qu'il chantait pour elle, perché sur une branche. Il lui suffisait de commencer à chanter pour qu'elle se joigne à lui, si bien qu'il n'entonnait plus jamais sa chanson *Oranges et Citrons* sans être accompagné. Il ne faisait plus rien sans être accompagné.

Ils étaient toujours ensemble. Il lui donnait à manger, la brossait, et nettoyait les flaques qu'elle laissait (et qui ressemblaient plutôt à des lacs). Big Joe avait trouvé une nouvelle amie, il était au septième ciel.

Après quelques semaines passées à faire le tour des fermes de la commune pour demander du travail, Charlie avait trouvé un emploi comme berger et laitier chez le paysan Cox, à l'autre bout du village. Il partait avant l'aube sur sa bicyclette pour la traite des bêtes et revenait tard, si bien que je le voyais moins qu'avant. Il aurait dû être plus heureux là-bas. Il aimait les vaches et les moutons, même s'il trouvait que les moutons étaient un peu stupides. Et surtout, il n'avait plus le Colonel ni la Femme Loup sur le dos toute la journée.

Mais Charlie, comme moi, était loin d'être heureux, car Molly avait soudain cessé de venir nous voir. D'après notre mère, il ne pouvait y avoir qu'une seule explication. Quelqu'un avait sans doute répandu le bruit – et à son avis c'était forcément le Colonel, la Femme Loup ou les deux à la fois – que Charlie Peaceful était un voleur, une canaille, que la famille Peaceful était devenue infréquentable. Elle a conseillé à Charlie de laisser les choses se calmer pendant un moment, et d'attendre que Molly revienne. Mais Charlie n'a rien voulu entendre. Il s'est rendu plusieurs fois à la chaumière de Molly. On ne lui ouvrait même pas la porte.

À la fin, il a pensé que j'aurais peut-être plus de chance que lui et il m'a envoyé chez elle avec une lettre. D'une manière ou d'une autre, il fallait que je la lui remette, m'a-t-il dit. Il le fallait.

La mère de Molly est venue m'ouvrir la porte, le regard noir.

– Va-t'en ! m'a-t-elle crié. Va-t'en, tu as compris ? Nous ne voulons pas des gens de votre espèce ici. Nous ne voulons pas que vous embêtiez notre Molly. Elle ne veut pas vous voir, ni toi ni ton frère.

Sur ce, elle m'a claqué la porte au nez. Je repartais, la lettre de Charlie toujours en poche quand, jetant un coup d'œil en arrière, j'ai vu Molly qui me faisait de grands signes derrière sa fenêtre. Elle remuait aussi les lèvres pour me dire quelque chose que je n'arrivais pas à saisir au début, elle faisait des gestes indiquant le bas de la colline, vers la rivière. Alors, j'ai compris exactement ce qu'elle voulait que je fasse.

J'ai couru vers la petite rivière et me suis abrité sous les arbres, là où nous allions toujours pêcher ensemble. Je n'ai pas eu longtemps à attendre. Elle m'a pris par la main sans un mot, m'a conduit sous le talus, à l'abri des regards. Elle m'a tout raconté, en larmes : le Colonel était venu chez elle – elle avait écouté derrière la porte –, il avait raconté à son père que Charlie Peaceful était un voleur, qu'on l'aurait vu avec Molly plus souvent qu'il ne convenait, et que si son père avait du bon sens, il mettrait fin à ces rencontres.

– Mon père ne me laisse plus voir Charlie. Ni aucun de vous, m'a dit Molly en essuyant ses larmes. Je suis tellement malheureuse, Tommo. Je déteste aller à la Grande Demeure sans Charlie, et je déteste aussi être à la maison. Père me donnera une correction si je rencontre Charlie. Il dit qu'il prendra son fusil si jamais Charlie ose m'approcher. Il est capable de le faire.

– Pourquoi ? Pourquoi est-il comme ça ?

– Il a toujours été comme ça. Il dit que je suis mauvaise. Que je suis née dans le péché. Mère prétend qu'il essaie seulement de me sauver malgré moi, pour que je n'aille pas en enfer. Il parle tout le temps de l'enfer. Je n'irai pas en enfer, n'est-ce pas, Tommo ?

Alors sans y penser un instant, naturellement, je me suis penché vers elle et je l'ai embrassée sur la joue. Elle m'a jeté les bras autour du cou, en pleurant, comme si son cœur allait se briser.

– Je veux voir Charlie, sanglotait-elle. Il me manque tellement.

C'est à ce moment-là que je me suis souvenu de la lettre. Elle a déchiré l'enveloppe en hâte et a tout lu d'un trait. La lettre ne devait pas être longue pour qu'elle la lise si vite.

– Dis-lui oui. Oui, je le ferai, a-t-elle murmuré, ses yeux ayant soudain repris tout leur éclat.

– Simplement « oui » ? lui ai-je demandé, à la fois intrigué, perplexe et jaloux.

– Oui. Même heure, même endroit, demain. Je vais lui répondre. Tu lui donneras la lettre. D'accord ?

Elle s'est levée et m'a tiré pour me remettre debout.

– Je t'aime, Tommo. Je vous aime tous les deux. Big Joe aussi, et Bertha.

Elle m'a embrassé rapidement, puis est partie.

C'était la première des dizaines de lettres que j'ai remises à Molly de la part de Charlie, et à Charlie de la part de Molly, lors des semaines et des mois suivants. Pendant toute ma dernière année d'école, je leur ai servi de facteur. Cela ne me gênait pas beaucoup, car c'était pour moi l'occasion de voir souvent Molly, la seule chose qui m'importait vraiment. Tout se faisait dans le plus grand secret – Charlie avait insisté pour qu'il en fût ainsi. Il m'avait fait jurer sur la sainte Bible de n'en parler à personne, pas même à notre mère. Il m'avait fait dire : « Croix de bois croix de fer, si je mens je vais en enfer. »

Nous nous rencontrions, Molly et moi, presque tous les soirs et échangions les lettres toujours au même endroit, au bord de la rivière, chacun de nous s'étant assuré qu'il n'avait pas été suivi. Nous nous asseyions et parlions pendant de précieuses minutes, souvent sous la pluie qui ruisselait sur le feuillage. Un jour même, je me rappelle que le vent rugissait avec une telle violence que j'ai cru que les arbres allaient nous tomber dessus. Craignant pour nos vies, nous avons couru dans la prairie et nous nous sommes abrités dans une meule de foin, frissonnants comme deux lapins effrayés.

C'est à l'abri de cette même meule de foin que j'ai entendu mentionner la guerre pour la première fois. Lorsque Molly parlait, c'était souvent, sinon toujours, de Charlie – elle n'en finissait pas de demander de ses nouvelles. Je n'en montrais rien, mais cela m'était pénible. C'est pourquoi j'étais plutôt content, ce jour-là, quand elle a commencé à me dire que là-haut, à la Grande Demeure, on ne parlait plus que de la guerre contre l'Allemagne, et que désormais, tout le monde pensait qu'elle éclaterait plus tôt qu'on ne le croyait. Elle l'avait lu elle-même dans le journal, et savait que ce n'étaient pas de purs bavardages.

Chaque matin, elle était chargée de repasser le *Times*, le journal du Colonel, avant qu'il le prenne dans son bureau. Il insistait, paraît-il, pour que son journal soit sec et craquant, pour ne pas se mettre d'encre sur les doigts pendant qu'il le lisait. Elle n'avait pas vraiment compris la raison de cette guerre, mais simplement qu'un archiduc – qui sait ce que c'était – avait été tué dans un endroit appelé Sarajevo – qui sait où c'était – et que l'Allemagne et la France s'affrontaient violemment à ce sujet. Elles rassemblaient leurs armées pour se battre, et si elles entraient en guerre, nous serions bientôt dans la mêlée nous aussi, car nous devions nous battre aux côtés des Français contre les Allemands. Elle ne savait pas pourquoi. Ce n'était pas plus clair pour moi que pour elle. Le Colonel était d'une humeur noire à cause de ça, et tout le monde, à la Grande Demeure, avait beaucoup plus peur de ses colères que de la guerre.

Le Colonel, cependant, était doux comme un agneau comparé à la Femme Loup, ces derniers temps (tout le monde l'appelait ainsi, à présent, pas seulement nous). Quelqu'un aurait mis du sel dans son thé à la place du sucre, elle jurait que c'était exprès – ce qui était probablement vrai, selon Molly. Elle tempêtait et fulminait sans cesse, disant à qui voulait l'entendre qu'elle trouverait le coupable. En attendant, elle les traitait tous comme s'ils l'étaient.

– C'était toi ? ai-je demandé à Molly.

– Peut-être, a-t-elle répondu en souriant, ou peut-être pas.

J'aurais voulu l'embrasser de nouveau, mais je n'ai pas osé. C'est mon problème depuis toujours : je n'ose jamais assez.

Mère avait déjà tout prévu avant que je quitte l'école. J'irais travailler avec Charlie à la ferme de Mr. Cox. Le fermier Cox commençait à se faire vieux, et n'ayant pas d'enfants, il avait besoin d'aide pour les travaux des champs. D'après Charlie, il était plutôt porté sur la boisson. C'était vrai. Il passait presque toutes ses soirées au pub. Il aimait la bière et jouer aux quilles. Il aimait bien chanter, aussi. Il connaissait toutes les vieilles chansons. Il les avait en tête, mais ne les entonnait que lorsqu'il avait bu deux ou trois bières. C'est pourquoi il ne chantait jamais à la ferme. Il était plutôt dur là-bas, mais c'était un homme juste, toujours juste.

Au début, j'étais surtout chargé de surveiller les chevaux. Je ne pouvais rêver mieux. J'étais de nouveau avec Charlie, je travaillais à ses côtés. J'avais poussé d'un coup et j'étais presque aussi grand que lui maintenant, mais je n'avais toujours pas sa rapidité, ni sa force. Parfois, il était un peu autoritaire avec moi, mais je ne lui en voulais pas – c'était son boulot, après tout. Les choses changeaient entre nous. Charlie ne me traitait plus comme un petit garçon, et ça me plaisait, ça me plaisait beaucoup.

La guerre avait commencé et remplissait les pages des journaux, mais en dehors des soldats qui venaient au village acheter des chevaux de labour pour en faire des chevaux de cavalerie, nous n'étions quasiment pas concernés. Pas encore. J'étais toujours le facteur de Charlie, toujours le facteur de Molly. Je la voyais donc souvent, un peu moins qu'avant, cependant. Pour une raison ou pour une autre, les lettres entre eux se faisaient plus rares.

Mais, comme je travaillais six jours par semaine, d'une certaine façon, nous étions de nouveau ensemble tous les trois, liés par les lettres. Puis ce lien a été cruellement rompu, ce qui a suivi m'a brisé le cœur, nous a brisé le cœur à tous.

Je me rappelle que nous avions fait les foins avec le fermier Cox, Charlie et moi, de jeunes buses tournoyant au-dessus de nous toute la journée, des hirondelles rasant l'herbe fauchée tout autour tandis que l'ombre du soir s'allongeait et obscurcissait le ciel. Nous étions rentrés à la maison plus tard que d'habitude, couverts de poussière, épuisés et affamés aussi. À l'intérieur, Mère, bien droite sur sa chaise, était en train de coudre. En face d'elle il y avait Molly, et à notre grande surprise, sa mère. Tout le monde dans la pièce avait l'air aussi sinistre que la mère de Molly, même Big Joe, et Molly qui avait les yeux rougis par les larmes. Dehors, Bertha hurlait lugubrement dans la remise en bois.

– Charlie, a dit Mère, en posant son ouvrage, la mère de Molly est venue te voir. Elle a quelque chose à te dire.

– C'est à toi, j'imagine, a dit la mère de Molly d'une voix aussi dure que la pierre.

Elle tendait à Charlie un paquet de lettres attachées par un ruban bleu.

– Je les ai trouvées. Je les ai lues, l'une après l'autre. Le père de Molly aussi. Nous savons donc tout, absolument tout. Ce n'est pas la peine de le nier, Charlie Peaceful. La preuve est là, dans ces lettres. Molly a déjà été punie, son père s'en est chargé. Je n'ai jamais rien lu d'aussi vicieux de toute ma vie. Jamais. Tous ces mots d'amour ! Dégoûtant. Et en plus, vous vous êtes vus, n'est-ce pas ?

Charlie a regardé Molly. Ce regard entre eux exprimait tout, et j'ai alors compris que j'avais été trahi.

— Oui, a répondu Charlie.

Je n'en croyais pas mes oreilles. Ils ne m'avaient pas mis au courant. Ils s'étaient rencontrés en secret et aucun d'eux ne m'en avait parlé.

— Vous voyez ! Je vous l'avais dit, madame Peaceful, a glapi la mère de Molly, d'une voix rageuse.

— Je suis désolée, a répliqué Mère. Mais vous ne m'avez toujours pas expliqué pour quelles raisons ils ne devraient pas se voir. Charlie a dix-sept ans, à présent, et Molly seize. Ils sont assez grands, il me semble. Je suis sûre qu'à leur âge, nous avions déjà nos petits rendez-vous par-ci par-là, toutes les deux.

— Parlez pour vous, madame Peaceful, a répondu la mère de Molly, avec un sourire méprisant. Nous avons été très clairs avec tous les deux, le père de Molly et moi. Nous leur avons interdit d'avoir la moindre relation. C'est une honte, madame Peaceful, une honte ! Le Colonel nous a prévenus, vous savez, il nous a parlé de votre fils, de ses manières de sale petit voleur ! Oh oui, nous savons tout sur lui.

— Vraiment ? Mais dites-moi une chose, vous suivez donc toujours les conseils du Colonel ? Vous pensez toujours ce que le Colonel pense ? S'il affirmait que la terre était plate, est-ce que vous le croiriez ? À moins qu'il se contente de vous menacer ? Il est très bon à ce petit jeu-là.

La mère de Molly s'est levée, avec un air de dignité offensée.

— Je ne suis pas venue ici pour discuter avec vous. Je suis venue vous parler des écarts de conduite de votre fils, et je ne le laisserai pas entraîner notre Molly dans la voie du vice et du péché. Il ne doit plus jamais la revoir, vous m'entendez ? Sinon, le Colonel le saura. Je vous assure qu'il le saura. Je n'ai rien à ajouter. Viens, Molly.

Et prenant fermement Molly par la main, elle est sortie, furieuse, tandis que nous nous regardions, abasourdis, et écoutions Bertha et que Bertha hurlait toujours dans le jardin.

— Bon ! dit Mère au bout d'un moment. Si nous dînions ?

Cette nuit-là, je suis resté couché à côté de Charlie sans dire un mot. J'éprouvais un tel ressentiment à son égard, une telle colère que je ne voulais plus jamais lui adresser la parole, ni à Molly d'ailleurs. Soudain, rompant le silence, Charlie a dit :

— D'accord, j'aurais dû t'en parler, Tommo. Molly voulait que je le fasse. Mais je ne voulais pas, je ne pouvais pas, c'est tout.

— Pourquoi ? lui ai-je demandé.

Il est resté un bon moment sans répondre.

— Parce que je sais, et elle aussi. C'est pour ça qu'elle ne t'en a pas parlé elle-même, a dit Charlie.

— Qu'est-ce que vous savez ?

— Quand c'étaient simplement des lettres, ce

n'était pas si grave. Mais après, quand nous avons commencé à nous voir… nous ne voulions pas nous cacher de toi, Tommo, je t'assure. Mais nous ne voulions pas te faire de mal non plus. Tu l'aimes, n'est-ce pas ?

Je n'ai pas répondu, ce n'était pas la peine.

– Eh bien, moi aussi, a repris Charlie. Alors, tu comprends pourquoi je vais continuer à aller la voir. Je trouverai le moyen, quoi que dise cette vieille vache.

Il s'est tourné vers moi.

– Toujours amis ?

– Amis, ai-je marmonné, mais je ne le pensais pas.

Depuis ce moment-là, nous n'avons plus jamais parlé de Molly entre nous. Je ne voulais rien savoir. Je ne voulais même pas y penser, mais j'y pensais. Je ne pensais à rien d'autre.

Personne ne comprenait pourquoi, mais peu de temps après, Bertha a commencé à disparaître de temps en temps. Jusque-là, elle ne partait pas se promener seule, elle restait collée à Big Joe. On était toujours sûrs de trouver Bertha à côté de lui, où qu'il fût. Big Joe était fou d'inquiétude chaque fois qu'elle s'en allait. Elle finissait par revenir, bien sûr, soit parce qu'elle en avait envie, soit parce que Mère ou Joe, l'ayant trouvée quelque part couverte de boue, mouillée, perdue, la ramenait à la maison. Nous craignions surtout qu'elle poursuive des moutons, des vaches, et qu'un paysan ou un propriétaire terrien lui tire dessus, comme ils le faisaient lorsqu'un chien entrait dans leur propriété ou harcelait leurs animaux. Heureusement, Bertha ne semblait pas prendre les moutons en chasse, et jusqu'à présent, elle n'était jamais partie trop loin ni trop longtemps.

Nous avons fait tout ce que l'on pouvait pour l'empêcher de vagabonder. Mère a essayé de l'enfermer dans la remise en bois, mais Big Joe ne supportait pas de l'entendre aboyer, et il l'a libérée. Elle a voulu l'attacher, mais Bertha rongeait la corde et gémissait sans cesse, aussi Big Joe la prenant en pitié finissait-il toujours par la détacher.

Un après-midi, Bertha a de nouveau disparu. Mais cette fois, elle n'est pas revenue. Impossible de la retrouver. Charlie n'était pas là. Mère et Big Joe sont partis la chercher d'un côté, vers la rivière, tandis que je montais dans la forêt, la sifflant et l'appelant sans cesse. Il y avait des cerfs dans le bois de Ford Cleave, des blaireaux et des renards. C'était exactement le genre d'endroit où elle pourrait aller. Je l'ai cherchée pendant une heure ou plus sans apercevoir le moindre signe d'elle. J'allais abandonner et rentrer – elle était peut-être revenue à la maison – quand j'ai entendu un coup de feu résonner dans la vallée. La détonation venait d'un peu plus haut dans le bois. J'ai remonté le chemin en courant, me baissant pour éviter les branches basses et tombantes, sautant par-dessus les trous de blaireau, redoutant, mais sachant déjà ce que j'allais trouver.

En arrivant en haut de la côte, j'ai vu devant moi la cheminée de la vieille cabane de Père, puis la cabane elle-même au bord de la clairière. Dehors, Bertha était couchée, la langue pendante, dans l'herbe trempée de sang. Le Colonel, les yeux baissés vers elle, avait son fusil à la main. La porte de la cabane s'est ouverte : Charlie et Molly étaient là, debout, glacés de chagrin et d'horreur. Molly a couru vers Bertha, puis est tombée à genoux.

– Pourquoi ? s'est-elle écriée, en regardant le Colonel. Pourquoi ?

Presque une heure moins cinq

Il y a un copeau de lune dehors, de nouvelle lune. Je me demande s'ils la regardent, là-bas, à la maison. Bertha hurlait à la lune, je m'en souviens. Si j'avais une pièce de monnaie dans la poche, je la retournerais et je ferais un vœu. Quand j'étais jeune, je croyais vraiment à toutes ces vieilles histoires. J'aimerais y croire encore.

Mais je ne dois pas avoir ce genre de pensées. À quoi bon faire des vœux à la lune ? à quoi bon souhaiter l'impossible ? Ne souhaite rien, Tommo. Évoque tes souvenirs. Les souvenirs sont réels.

Nous avons enterré Bertha le jour même, là où Big Joe enterrait toujours ses animaux, là où reposait la souris, au fond du verger. Mais cette fois, nous n'avons pas dit de prières. Nous n'avons pas déposé de fleurs. Nous n'avons pas chanté d'hymnes. Aucun de nous n'avait le cœur à ça. Nous étions peut-être trop en colère pour pleurer. Ensuite, sur le chemin du retour, Big Joe a pointé le doigt vers le ciel et a demandé à Mère si Bertha était là-haut, au paradis, avec Père. Mère lui a répondu que oui.

– Quand on meurt, a demandé Big Joe, est-ce qu'on monte tous au paradis ?

– Pas le Colonel, a marmonné Charlie. Il ira tout en bas, là où il doit être, et où il brûlera.

Mère lui a lancé un regard plein de reproche.

– Oui, Joe, a-t-elle poursuivi, en passant son bras autour de son épaule. Bertha est là-haut, au paradis. Elle est heureuse, à présent.

En fin de journée, Big Joe n'était pas à la maison. Au début, nous ne nous sommes pas trop inquiétés, car il faisait encore jour. Big Joe allait souvent se promener seul – il l'avait toujours fait – mais jamais la nuit, car il avait peur de l'obscurité. Notre première idée a été de nous rendre dans le verger, près de la tombe de Bertha, mais il n'y était pas. Nous l'avons appelé, mais il n'est pas venu. Aussi, lorsqu'il n'est pas rentré à la nuit tombée, nous avons su qu'il y avait un problème. Mère nous a envoyés, Charlie et moi, dans des directions différentes. J'ai descendu le chemin en l'appelant sans arrêt. Je suis allé jusqu'à la rivière où je me suis arrêté, espérant entendre son pas lourd, ou sa voix chanter. Il chantait différemment quand il était effrayé, ce n'étaient plus des mélodies ni des chansons, mais une sorte de bourdonnement, de gémissement continu. Mais rien de tout ça, je n'entendais que l'eau de la rivière, qui fait toujours plus de bruit, la nuit. Je savais que Big Joe devait avoir très peur, car il faisait vraiment noir, à présent. Je suis rentré à la maison, espérant en dépit de tout que Charlie ou Mère l'aurait trouvé.

Dès que j'ai franchi le seuil, j'ai compris qu'aucun des deux ne l'avait vu. Ils m'ont lancé un regard plein d'espoir. J'ai hoché négativement la tête. Après un moment de silence, Mère s'est décidée. Nous n'avions pas le choix, a-t-elle dit. Tout ce qui comptait, c'était de retrouver Big Joe, et pour cela il fallait être plus nombreux. Elle monterait immédiatement à la Grande Demeure demander l'aide du Colonel. Elle nous a envoyés, Charlie et moi, au village pour donner l'alerte. Nous savions que le meilleur endroit où aller le soir, c'était le pub, *The Duke*. Tous les clients chantaient, quand nous sommes arrivés là, et surtout le fermier Cox, avec sa voix puissante. Le brouhaha et les chants se sont calmés au bout d'un moment, tandis que Charlie les mettait au courant. Ensuite, personne n'a hésité. Ils ont tous pris leur chapeau, ont posé leur manteau sur leurs épaules et sont partis vers leurs fermes, pour les fouiller ainsi que leurs jardins et leurs cabanes. Le pasteur a proposé de rassembler le plus de gens possible pour organiser des recherches autour du village même, et il a été convenu que si les cloches de l'église sonnaient, ce serait le signal que Big Joe avait été retrouvé.

Comme les hommes se dispersaient dans l'obscurité à la sortie du pub, Molly est arrivée en courant.

Elle venait d'apprendre la disparition de Big Joe. Elle pensait qu'il pouvait être quelque part dans le cimetière. Je ne sais pas pourquoi nous n'y avions pas songé avant – c'était depuis toujours l'un de ses endroits préférés. Nous nous sommes donc dirigés tous les trois vers le cimetière. Nous avons eu beau l'appeler, regarder derrière chaque pierre tombale, derrière chaque arbre, il n'était nulle part. Nous n'entendions que le vent soupirer dans les ifs. Nous ne voyions que les lumières vacillantes des lampes à travers le village et dans la vallée. Au-delà, et jusqu'à l'horizon obscur, la campagne était sillonnée de petits rayons lumineux et mouvants. C'était le signe que Mère avait dû convaincre le Colonel de mobiliser les gens de son domaine pour se joindre à la recherche.

À l'aube, il n'y avait toujours aucune nouvelle de Big Joe. Le Colonel avait appelé la police, et plus le temps passait, plus les éléments menaient à la même et affreuse conclusion. La police fouillait les mares et les bords de la rivière avec de longues perches – tout le monde savait que Big Joe ne savait pas nager. J'ai alors commencé à croire que le pire pouvait vraiment être arrivé. Personne n'osait formuler cette crainte, mais nous l'éprouvions tous peu à peu, et nous la sentions chez chacun d'entre nous. Nous fouillions des endroits que nous avions déjà fouillés plusieurs fois. Toutes les autres explications sur la disparition de Big Joe s'envolaient les unes après les autres. S'il s'était endormi quelque part, il se serait sûrement réveillé à présent. S'il était parti et s'était égaré, avec les centaines de personnes qui le cherchaient, il aurait certainement été repéré par quelqu'un. Tous les gens que je rencontrais avaient l'air morne et morose. Ils essayaient d'ébaucher un sourire, mais personne n'osait me regarder dans les yeux. Je me suis aperçu que ce n'était plus seulement de la crainte. C'était pire. Il y avait du désespoir sur leur visage, un sentiment de totale impuissance qu'ils n'arrivaient pas à dissimuler, malgré tous leurs efforts.

Vers midi, pensant que Big Joe avait peut-être retrouvé le chemin de la maison tout seul, nous sommes rentrés pour vérifier. Nous avons trouvé Mère assise seule, les mains agrippées aux bras de son fauteuil, regardant fixement devant elle. Nous avons essayé de lui remonter le moral, Charlie et moi, de la rassurer du mieux qu'on pouvait. Je ne crois pas que nous ayons été très convaincants. Charlie lui a préparé une tasse de thé, mais elle n'y a pas touché. Molly s'est assise à ses pieds, la tête sur ses genoux. Un semblant de sourire est alors passé sur le visage de notre mère. Molly pouvait la réconforter, tandis que nous n'arrivions à rien.

Nous les avons laissées toutes les deux ensemble, Charlie et moi, et nous sommes sortis dans le jardin. Cramponnés au peu d'espoir qui nous restait, nous avons essayé de remonter dans le temps, de réfléchir à ce qui avait pu pousser Big Joe à s'en aller ainsi.

Nous arriverions peut-être à découvrir où il était parti si nous comprenions pourquoi il était parti. Aurait-il cherché quelque chose, quelque chose qu'il aurait perdu ? Mais quoi ? Serait-il allé voir quelqu'un ? Mais qui ? Nous étions persuadés que, d'une manière ou d'une autre, sa soudaine disparition était liée à la mort de Bertha. La veille, nous avions eu envie, Charlie et moi, de monter à la Grande Demeure et de tuer le Colonel pour ce qu'il avait fait. Peut-être, nous disions-nous, peut-être que Big Joe a ressenti la même chose. Qui sait s'il n'était pas sorti pour venger la mort de Bertha. S'il ne rôdait pas dans la Grande Demeure, dans les greniers, ou dans les caves, attendant l'occasion de frapper. Mais tout en les évoquant, nous nous rendions compte que ces idées étaient absurdes et ridicules. Big Joe était incapable ne serait-ce que d'imaginer ce genre de comportement. De toute sa vie, il ne s'était jamais mis en colère contre personne, même contre la Femme Loup – et pourtant elle lui en avait donné bien souvent l'occasion. Il était facilement blessé, mais jamais furieux, et encore moins violent. Nous avons envisagé mille scénarios, avec Charlie, mille raisons à la disparition de Big Joe. Mais à la fin, nous avons tout rejeté, comme de purs produits de notre imagination.

Puis Molly nous a rejoints dans le jardin.

– Je me demandais… je me demandais où Big Joe aimerait le mieux être.

– Qu'est-ce que tu veux dire ?

– Eh bien, à mon avis, il aimerait être là où se trouve Bertha. Il voudrait donc être au paradis, non ? Il pense que Bertha est là-haut, au paradis, c'est bien ça ? J'ai entendu votre mère lui en parler. Donc, s'il veut être avec Bertha, il faut qu'il aille au paradis.

Pendant un moment horrible, j'ai cru que Molly suggérait que Big Joe s'était tué afin de pouvoir rejoindre Bertha au paradis. Je ne voulais pas y croire, mais d'une certaine façon, c'était affreusement logique. Puis elle s'est expliquée :

– Un jour, il m'a déclaré que votre père était au paradis et qu'il pouvait toujours nous voir facilement de là où il se trouve. Big Joe pointait le doigt en l'air, je m'en souviens, et au début, je ne comprenais pas bien ce qu'il voulait dire. Je croyais qu'il désignait simplement le ciel, ou les oiseaux, peut-être. Mais ensuite, il m'a pris la main et l'a levée avec la sienne, pour me montrer ce qu'il voulait. Nous pointions le doigt vers l'église, vers le haut du clocher de l'église. Cela peut paraître stupide, mais il me semble que Big Joe croit que le paradis est au sommet du clocher. Est-ce que quelqu'un est allé voir là-haut ?

Elle parlait encore quand je me suis soudain rappelé que Big Joe avait montré le clocher du doigt le jour de l'enterrement de Père, et qu'il avait continué à regarder dans cette direction pendant que nous nous éloignions.

– Tu viens ? m'a dit Charlie. Molly, tu veux bien

rester avec Mère ? Nous sonnerons la cloche si les nouvelles sont bonnes.

Nous avons traversé le verger en courant, nous sommes frayé un passage par un trou dans la haie et avons traversé les champs jusqu'à la rivière – c'était le chemin le plus court jusqu'au village. J'avais du mal à suivre Charlie. Je continuais à regarder le clocher en courant, tout en forçant mes jambes à tenir le rythme, à accélérer, et je priais tout le temps pour que Big Joe soit là-haut dans son paradis.

Charlie est arrivé au village avant moi. Il montait le chemin de l'église à fond de train, lorsqu'il a glissé sur les pavés, tombant lourdement. Il s'est assis là en jurant, tenant sa jambe, jusqu'à ce que je le rejoigne. Puis il s'est mis à crier :

– Joe ! Joe ! Tu es là ?

Mais nous n'avons pas eu de réponse.

– Vas-y, Tommo, a dit Charlie en grimaçant de douleur. Je crois que je me suis foulé la cheville.

J'ai ouvert la porte de l'église et je suis entré à l'intérieur, dans le silence et la pénombre. J'ai écarté les cordes de la cloche, et ouvert doucement la petite porte du clocher. J'entendais Charlie crier :

– Est-ce qu'il est là-haut ? Est-ce qu'il est là ?

Je n'ai pas répondu. J'ai commencé à monter l'escalier en colimaçon. J'étais déjà venu dans le clocher, longtemps auparavant, quand j'allais au catéchisme. J'avais même chanté là, dans le chœur, à l'aube du jour de l'Ascension, quand j'étais petit.

Je redoutais ces marches à l'époque et je les détestais toujours autant. Les fenêtres étroites comme des meurtrières ne laissaient passer que très peu de lumière. Les murs suintaient autour de moi, et les marches inégales glissaient. Le froid, l'humidité et l'obscurité se refermaient sur moi, et me glaçaient les os tandis que je grimpais à tâtons. En passant à côté des cloches, je souhaitai de tout mon cœur en faire bientôt sonner une. Je savais qu'il y avait quatre-vingt-quinze marches. Chaque fois que j'en montais une, je brûlais d'atteindre le sommet, de respirer de nouveau l'air pur, je brûlais de retrouver Big Joe.

La porte qui donnait sur le dernier étage du clocher était bloquée. Je l'ai poussée fort, trop fort, et soudain elle s'est ouverte à la volée, prise dans un courant d'air. Je suis sorti dans la douceur bienfaisante du matin, ébloui par la lumière. Au début, je n'ai rien vu. Et puis, il était là. Big Joe était allongé, pelotonné sous l'ombre du parapet. Il semblait dormir profondément, le pouce dans sa bouche, comme d'habitude. Je ne voulais pas le réveiller trop brusquement. Lorsque je lui ai touché la main, il n'a pas bougé. Lorsque je l'ai secoué doucement par l'épaule, il n'a pas eu un mouvement. Il était froid sous mes doigts, et pâle, mortellement pâle. Je n'arrivais pas à voir s'il respirait ou pas, et Charlie continuait à m'appeler d'en bas. Je l'ai secoué de nouveau, mais fort, cette fois, et je lui ai crié, pris de peur, affolé :

– Réveille-toi, Joe ! Réveille-toi, bon Dieu !

Je savais qu'il ne se réveillerait plus, qu'il était monté là pour mourir. Il avait compris qu'il fallait mourir pour monter au paradis, et c'est au paradis qu'il voulait être, pour retrouver Bertha et Père, aussi.

Quand il a bougé au bout d'un moment, je n'arrivais pas à y croire. Il a ouvert les yeux. Il a souri.

– Ah, Tommo, a-t-il dit. Ungwi. Ungwi.

C'étaient les plus belles paroles que j'avais jamais entendues. Je me suis relevé d'un bond et je me suis penché au-dessus du parapet. Charlie était en bas, sur le chemin de l'église, les yeux levés vers moi.

– Nous l'avons trouvé, Charlie ! lui ai-je crié. Nous l'avons trouvé ! Il est là-haut. Il va bien.

Charlie a levé le poing en signe de victoire et a lancé des cris de joie. Il a hurlé encore plus fort lorsqu'il a vu Big Joe debout à côté de moi, qui lui faisait signe.

– Charie ! l'appelait Joe. Charie !

Sautillant et boitant, Charlie est entré dans l'église et quelques instants plus tard, la grosse cloche ténor sonnait dans tout le village, dispersant les pigeons perchés en haut du clocher, les envoyant tournoyer au-dessus des maisons, au-dessus des champs. Comme les pigeons, nous étions secoués par la violence du son, Big Joe et moi. Il explosait dans nos oreilles, produisait une vibration dans tout le clocher que nous percevions jusque dans la plante des pieds. Ébranlé par ce vacarme assourdissant, Big

Joe, devenu soudain anxieux, a plaqué ses mains sur ses oreilles. Mais quand il a vu que je riais, il a fait comme moi. Puis il m'a serré dans ses bras, il m'a serré si fort que j'ai cru qu'il allait m'étouffer. Et lorsqu'il s'est mis à chanter *Oranges et Citrons*, je l'ai accompagné, pleurant et chantant en même temps.

Je voulais qu'il descende avec moi, mais Big Joe entendait rester. Il voulait saluer tout le monde, du haut du clocher. Les gens arrivaient de toutes parts : Mr. Munnings, Miss McAllister, les enfants qui sortaient de la cour de l'école et remontaient vers l'église. Le Colonel descendait la route dans sa voiture, et nous avons tout juste eu le temps d'apercevoir le bonnet de la Femme Loup à côté de lui. Mais surtout, nous avons vu Mère et Molly grimper à toute allure la colline à bicyclette, en nous faisant de grands gestes. Charlie sonnait toujours la cloche et je l'entendais pousser des cris de joie entre chaque son. Je l'imaginais suspendu à la corde, se balançant dans les airs. Big Joe continuait à chanter. Les martinets montaient en flèche dans le ciel, redescendaient en piqué et piaillaient autour de nous, exaltant la pure joie d'être vivants, et célébrant, c'était mon impression, le fait que Big Joe, lui aussi, était vivant.

Une heure vingt-huit

Au catéchisme, on m'avait dit que le clocher d'une église pointe vers le ciel, comme une promesse de paradis. Les clochers sont différents en France. C'est la première chose que j'ai remarquée quand je suis arrivé là, quand j'ai changé mon univers familial pour un univers de guerre. En comparaison, les clochers, chez nous, semblent presque trapus, cachés dans les vallons. Ici, il n'y a pas de champs vallonnés, mais seulement de vastes plaines ouvertes, et guère de collines en vue. Au lieu de clochers, des flèches s'élancent dans le ciel comme un enfant qui lèverait le doigt en classe, impatient de se faire remarquer. Mais Dieu, s'il y en a un, ne remarque rien, ici. Il a depuis longtemps abandonné cet endroit et tous ceux qui y vivent. Il ne reste plus beaucoup de flèches, désormais. J'ai vu celle qui se trouve à Albert, pendre, brisée comme une promesse violée.

Maintenant que j'y pense, c'est une promesse violée qui m'a conduit ici, en France, et ce soir, dans cette grange. La souris est revenue.

Tant mieux.

Pendant un moment, juste après que Big Joe a été retrouvé, toutes les vieilles blessures, les vieilles rancunes ont semblé oubliées et pardonnées. Oubliées aussi toutes les conversations sur la guerre en France. Personne ne parlait plus de rien, ce jour-là, sinon de la recherche de Big Joe et de son heureuse issue. Même le Colonel et la Femme Loup sont venus fêter l'événement au pub avec les autres, et les parents de Molly, aussi, le sourire aux lèvres, mais étant des gens de stricte observance, ils n'ont pas bu une goutte d'alcool. Je n'avais jamais vu la mère de Molly sourire avant ce jour-là. Et puis le Colonel a annoncé qu'il offrait à boire à tout le monde. Il n'a pas fallu attendre longtemps – deux ou trois pintes de bière – pour que le fermier Cox se mette à chanter. Il chantait toujours lorsque nous sommes partis. Certaines de ses chansons commençaient à devenir un peu lestes. J'étais là, devant *The Duke*, lorsque Mère est allée remercier le Colonel pour son aide. Il nous a proposé de nous ramener à la maison dans sa Rolls-Royce ! Les Peaceful à l'arrière de la voiture du Colonel, et la Femme Loup à l'avant, comme des amis ! Nous n'arrivions pas à y croire, après toutes les tensions et les rapports détestables qu'il y avait entre nous depuis si longtemps !

Le Colonel a rompu l'enchantement pendant le trajet, en parlant de la guerre. Il regrettait que l'armée n'utilise pas davantage la cavalerie en France.

— Des chevaux et des canons, a-t-il dit. Voilà comment nous avons battu les Boers en Afrique du Sud. C'est ce qu'il faudrait faire aujourd'hui. Si j'étais plus jeune, je partirais. L'armée va avoir besoin de tous les chevaux qu'elle pourra trouver, madame Peaceful, et de chaque homme, aussi. Les choses ne se présentent pas bien, là-bas.

Mère l'a remercié encore une fois et il nous a aidés à sortir de la voiture, devant notre portail. Le Colonel a salué en portant la main à son chapeau, et a souri.

— Ne te sauve plus, jeune homme, a-t-il dit à Big Joe. Tu nous as fait une belle peur !

Même la Femme Loup a agité la main presque gaiement, tandis qu'ils repartaient en voiture.

Cette nuit-là, Big Joe s'est mis à tousser. Il avait pris froid, et ses poumons étaient touchés. Il est resté au lit avec de la fièvre pendant plusieurs semaines. Mère ne quittait quasiment plus son chevet, tellement elle était inquiète.

Lorsqu'il a commencé à aller mieux, l'épisode de sa disparition avait été oublié, dépassé par les nouvelles des journaux à propos d'une terrible bataille sur la Marne, où nos armées combattaient les Allemands pour les immobiliser et essayer désespérément d'arrêter leur avancée en France.

Un soir, nous sommes rentrés un peu tard à la maison, Charlie et moi, car nous étions allés boire un coup au pub après le travail, comme nous le faisions souvent. Je me rappelle qu'à l'époque, je faisais semblant d'aimer la bière.

En vérité, je détestais ça, mais j'aimais la compagnie des autres. À la ferme, Charlie pouvait me mener à la baguette, mais après le travail, au *Duke*, il ne me traitait jamais comme le garçon de quinze ans que j'étais, contrairement à certains. Je ne pouvais pas leur montrer que je détestais la bière, c'est pourquoi je me forçais à en boire une ou deux avec Charlie, et quittais souvent le pub un peu éméché. J'avais donc l'esprit embrumé ce soir-là, quand nous sommes arrivés à la maison. Lorsque j'ai ouvert la porte et que j'ai vu Molly assise par terre, la tête sur les genoux de Mère, j'ai eu l'impression de revivre le jour où Big Joe avait disparu. Molly a levé les yeux vers nous, et j'ai vu qu'elle avait pleuré. Cette fois, c'était Mère qui la consolait.

– Qu'est-ce qu'il y a ? a demandé Charlie. Qu'est-ce qui se passe ?

– Tu peux toujours demander, Charlie Peaceful, a dit Mère.

Elle ne semblait pas du tout contente de nous voir. Au début, je me suis demandé si elle s'était aperçue que nous avions bu. Puis j'ai remarqué une valise en cuir sous l'appui de la fenêtre, et le manteau de Molly sur le dossier du fauteuil de Père.

— Molly va habiter chez nous, a poursuivi Mère. Ils l'ont jetée dehors, Charlie. Ses parents l'ont jetée dehors, et c'est ta faute.

— Non ! s'est écriée Molly. Ne dites pas ça ! Ce n'est pas sa faute. Ni celle de personne.

Elle a couru vers Charlie et s'est jetée dans ses bras.

— Qu'est-ce qui s'est passé, Molly ? a demandé Charlie. Qu'est-ce qu'il y a ?

Molly, incapable de parler, pleurait sans retenue sur son épaule. Il a regardé Mère.

— Ce qui se passe, Charlie, c'est qu'elle attend un bébé de toi, lui a-t-elle dit. Ils ont fait sa valise, ils l'ont mise à la porte en lui interdisant de revenir. Ils ne veulent plus jamais la revoir. Elle n'avait nulle part où aller, Charlie. Je lui ai expliqué qu'elle faisait partie de la famille, à présent, qu'elle est à sa place ici et qu'elle peut rester aussi longtemps qu'elle le désire.

Le silence de Charlie a paru durer une éternité. Son visage est passé par toute une gamme d'émotions : incompréhension, perplexité, indignation, tout cela à la fois, jusqu'à ce qu'il prenne enfin un air calme et décidé. Il a écarté Molly de lui et essuyé ses larmes avec son pouce, en la regardant droit dans les yeux. Enfin, lorsqu'il a parlé, il s'est adressé non pas à Molly, mais à Mère.

— Tu n'aurais pas dû dire ça à Molly, Mère.

Il parlait lentement, d'un ton presque sévère. Puis il s'est mis à sourire.

– C'était à moi de le lui dire : c'est notre bébé, mon bébé, et Molly est ma fiancée. C'était donc à moi de décider. Mais je suis content que tu l'aies fait quand même.

Plus que jamais, Molly est devenue l'une des nôtres. J'étais à la fois ravi et malheureux. Je pense que Molly et Charlie savaient ce que je devais ressentir, mais ils n'en ont jamais parlé et moi non plus.

Ils se sont mariés à l'église peu de temps après. L'église était très vide. Il n'y avait personne à l'exception du pasteur, de nous quatre, et de la femme du pasteur qui était assise au fond. Tout le monde était au courant pour le bébé de Molly, désormais, c'est pourquoi le pasteur n'avait accepté de les marier que sous certaines conditions : les cloches ne sonneraient pas, il n'y aurait pas de chants religieux. Il a célébré le mariage à toute allure, comme s'il avait voulu être ailleurs.

Ensuite, il n'y a pas eu de fête, mais juste un peu de thé et de cake à la maison.

Quelque temps plus tard, Mère a reçu une lettre de la Femme Loup, affirmant que c'était un mariage honteux. Elle avait pensé renvoyer Molly. Si elle ne l'avait pas fait, c'était uniquement parce que, bien que Molly fût une fille faible et dénuée de sens moral, elle sentait en toute conscience qu'elle ne pouvait punir Molly pour une faute dont, elle en était sûre, Charlie était certainement plus coupable qu'elle. Elle ajoutait que, de toute façon, Molly avait déjà été suffisamment punie pour sa mauvaise conduite. Mère nous a lu la lettre à haute voix, puis elle a fait une boulette, l'a froissée et l'a jetée dans le feu.

— Voilà sa place ! a-t-elle lancé.

J'ai déménagé dans la chambre de Big Joe et j'ai dû dormir avec lui dans son lit, ce qui n'était pas facile parce qu'il était grand, robuste, et que le lit était très étroit. Il marmonnait dans ses rêves, remuait et se retournait sans arrêt. Mais tandis que je restais éveillé la nuit, ce n'était pas ce qui me dérangeait le plus. Dans la chambre voisine dormaient les deux personnes que j'aimais le plus au monde, et qui, en s'unissant, m'avaient abandonné. Parfois, au cœur de la nuit, les imaginant dans les bras l'un de l'autre, j'aurais voulu les haïr. Mais je ne pouvais pas. Tout ce que je savais, c'est qu'il n'y avait plus de place à la maison pour moi, qu'il vaudrait mieux que je parte loin, et surtout loin d'eux.

J'essayais de ne jamais me retrouver seul avec Molly, car je ne savais plus quoi lui dire. Pour la même raison, je ne m'arrêtais plus au *Duke* pour boire un coup avec Charlie. À la ferme, je saisissais toutes les occasions pour aller travailler de mon côté et ne pas être près de lui. Je me portais volontaire pour la moindre course qui pouvait m'éloigner de la ferme, à la grande satisfaction du fermier Cox.

Il m'envoyait sans arrêt chercher ou transporter quelque chose avec le cheval et la charrette : rapporter du fourrage, des semences de pommes de terre, ou parfois amener un cochon au marché pour le vendre. Chaque fois, je prenais mon temps, et le fermier Cox ne semblait jamais s'en apercevoir. Mais Charlie s'en rendait compte, lui. Il disait que je tirais au flanc, tout en sachant très bien que si je traînais, c'était pour l'éviter. Nous nous connaissions si bien ! Nous ne nous disputions jamais, pas vraiment, en tout cas. Sans doute parce qu'aucun de nous ne voulait blesser l'autre. Nous savions tous les deux que trop de mal avait déjà été fait, et que les querelles ne feraient qu'approfondir le fossé entre nous, ce que nous voulions éviter à tout prix.

C'est un matin où je « tirais au flanc » au marché de Hatherleigh, que je me suis trouvé face à la guerre pour la première fois. Une guerre qui jusqu'alors nous avait paru lointaine et irréelle à tous, une guerre qu'on ne voyait que dans les journaux et sur les affiches. Je venais de vendre deux vieux béliers du fermier Cox, et j'en avais même tiré un bon prix, quand j'ai entendu le bruit d'une fanfare qui descendait la grand-rue, avec battements de tambours, sonneries de clairons. Tous les gens du marché ont accouru, et moi aussi.

Je les ai vus en tournant le coin. Derrière la fanfare, il devait y avoir deux douzaines de soldats, resplendissants dans leur uniforme écarlate. Ils ont défilé devant moi, balançant les bras parfaitement en cadence, leurs boutons et leurs bottes étincelants, leurs baïonnettes miroitant au soleil. Ils chantaient avec les musiciens *It's a long way to Tipperary, it's a long way to go*. Et je me souviens avoir pensé : « Heureusement que Big Joe n'est pas là, car il n'aurait pu s'empêcher d'intervenir en chantant ses *Oranges et Citrons*. » Des enfants les accompagnaient en tapant du pied, certains avec des chapeaux en papier, d'autres avec des bâtons en bois sur l'épaule. Des femmes leur jetaient des fleurs, surtout des roses, qui tombaient au pied des militaires. Mais une fleur est restée collée sur la tunique d'un soldat, et j'ai vu le soldat sourire.

Comme tout le monde, j'ai suivi le défilé à travers la ville, puis sur la place. La fanfare jouait *God save the King*, et le premier sergent-major que je voyais de ma vie est monté sur les marches du monument, au centre de la place, avec notre drapeau national – l'Union Jack – qui flottait derrière lui. Glissant prestement sa baguette sous son bras, le sergent-major nous a parlé d'une voix différente de toutes celles que j'avais pu entendre jusqu'alors : râpeuse, autoritaire.

– Je ne vais pas y aller par quatre chemins, mesdames et messieurs, a-t-il commencé. Je ne vais pas vous raconter que tout est formidable là-bas en France – j'ai déjà entendu assez d'idioties comme ça. Je suis allé en France. J'ai vu de mes yeux ce qui s'y passait. Je peux donc vous le dire tout net : ce n'est pas du gâteau. Ce qu'il faut faire là-bas, c'est dur, très dur. Il y a une seule question à se poser à propos de cette guerre. Qui préférez-vous voir marcher dans vos rues ? Les Boches ou nous ? À vous de décider. Parce que, et je pèse mes mots, mesdames et messieurs, si nous ne les arrêtons pas en France, les Allemands viendront ici même, à Hatherleigh, et ils seront bientôt sur le seuil de vos maisons.

Le silence était si profond dans la foule que j'avais l'impression de pouvoir le palper.

– Ils marcheront sur votre ville, ils brûleront vos maisons, ils tueront vos enfants, et oui, ils violeront vos femmes. Ils ont vaincu la brave petite Belgique, ils n'en ont fait qu'une bouchée. Et à présent, ils se sont emparés d'une bonne partie de la France. Je suis ici pour vous dire que si nous ne les battons pas à leur propre jeu, ils nous engloutiront, nous aussi. Il a parcouru la foule du regard.

– Alors ? Vous voulez des Boches ici ? Vous en voulez ?

– Non ! ont hurlé les gens, et j'ai hurlé avec eux.

– On va les remettre à leur place, oui ou non ?

– Oui ! avons-nous crié tous ensemble.

Le sergent-major a hoché la tête.

– Bien. Très bien. Nous allons avoir besoin de vous.

Il pointait à présent sa baguette sur la foule, choisissant les hommes.

– Toi, toi et toi.

Soudain, il m'a regardé droit dans les yeux.

— Et toi aussi, mon garçon !

Jusqu'à ce moment précis, il ne m'était pas passé par la tête une seule fois que ses paroles pouvaient avoir le moindre rapport avec moi. J'avais été un simple spectateur. Je ne l'étais plus.

— Votre roi a besoin de vous. Votre pays a besoin de vous. Et les braves gars, là-bas en France, eux aussi ils ont besoin de vous.

Un sourire s'est dessiné sur son visage, tandis qu'il lissait son impeccable moustache.

— Et rappelez-vous une chose, les gars – je m'en porte garant – toutes les filles aiment les soldats.

Dans la foule, les femmes se sont mises à rire et à glousser. Le sergent-major a remis sa baguette sous son bras.

— Alors, qui sera le premier ? Quel est le brave gars qui prendra la solde du roi ?

Personne n'a bougé. Personne n'a rien dit.

— Qui montrera le chemin ? Allons ! Dépêchez-vous ! Ne me laissez pas tomber, les gars. Je cherche des hommes qui aient un cœur de chêne, des gars courageux qui aiment leur roi, leur pays, et qui détestent les sales Boches.

Un premier garçon s'est alors avancé. Il brandissait son chapeau, se frayant un passage dans la foule qui l'acclamait. Je l'ai tout de suite reconnu, nous avions été dans la même école. C'était le gros Jimmy Parsons. Je ne l'avais pas vu depuis longtemps, depuis que sa famille s'était installée dans un autre village.

Il était encore plus robuste, à présent, le visage et le cou plus épais, et plus rouges aussi. Et là, il frimait, exactement comme il le faisait dans la cour de récréation. Poussés par la foule, d'autres l'ont bientôt suivi.

Soudain, j'ai senti qu'on me donnait un coup de coude dans le creux des reins. C'était une vieille femme édentée qui pointait son index crochu sur moi.

— Vas-y, fils, croassait-elle. Va te battre. C'est le devoir de tous les hommes de se battre, quand le pays le demande, voilà ce que je dis. Allons ! Tu n'es pas un lâche, quand même ?

Alors, il m'a semblé que tout le monde me regardait, me pressant d'agir, le regard accusateur, tandis que j'hésitais. La vieille femme édentée m'a de nouveau donné un coup dans le dos, puis m'a poussé en avant.

— Tu n'es pas un lâche, hein ? Tu n'es pas un lâche ?

Je ne me suis pas enfui, pas tout de suite. Je me suis écarté lentement d'elle, puis je suis sorti à reculons de la foule en espérant que personne ne me remarquerait. Mais la vieille m'a vu.

— Dégonflé ! a-t-elle crié derrière moi. Espèce de dégonflé !

Alors je me suis enfui. Je me suis mis à courir à toutes jambes dans la grand-rue, ses mots résonnant à mes oreilles.

J'ai repris ma charrette à cheval et je sortais du marché quand j'ai entendu la fanfare recommencer à jouer sur la place, quand j'ai entendu le bruit sourd de la grosse caisse qui me rappelait vers le drapeau. Honteux, j'ai continué mon chemin. Pendant tout le trajet jusqu'à la ferme, j'ai repensé à la vieille femme édentée, à ses paroles, à celles du sergent-major. J'ai revu les hommes, si beaux, si virils dans leurs uniformes éclatants, je me suis dit que Molly m'admirerait, qu'elle pourrait même m'aimer, si je m'enrôlais et que je rentrais à la maison dans mon uniforme écarlate. Mère serait tellement fière de moi, et Big Joe aussi ! Le temps de dételer le cheval, en arrivant à la ferme, j'étais déterminé à m'enrôler. Je serais soldat. J'irais en France et, comme l'avait dit le sergent-major, je remettrais à leur place ces sales Allemands. Je décidai d'annoncer la nouvelle à tout le monde, le soir au dîner. J'étais impatient de voir leurs têtes.

Nous étions à peine assis, que j'ai commencé :

– J'étais à Hatherleigh, ce matin. Mr. Cox m'a envoyé au marché.

– Tire-au-flanc, comme toujours, a marmonné Charlie, dans sa soupe.

Je l'ai ignoré et j'ai continué :

– L'armée était là, Mère. Pour le recrutement. Jimmy Parsons s'est enrôlé. Beaucoup d'autres, aussi.

– Ce qu'ils peuvent être bêtes ! s'est exclamé Charlie. Je n'irai pas. Jamais. Je tirerais sur un rat parce qu'il peut me mordre. Je tirerais sur un lapin, parce que je peux le manger. Mais pourquoi est-ce que je tirerais sur un Allemand ? Alors que je n'en ai jamais rencontré, même pas un.

Mère a pris ma cuiller et me l'a tendue.

– Mange, m'a-t-elle dit, en tapotant mon bras. Et ne t'inquiète pas pour ça, Tommo, ils ne peuvent pas t'obliger à y aller. Tu es trop jeune, de toute façon.

– J'ai presque seize ans.

– Il faut en avoir dix-sept, a dit Charlie. Ils ne te laisseront pas t'enrôler si tu ne les as pas. Ils ne veulent pas de mômes.

J'ai donc mangé ma soupe sans rien ajouter. Sur le moment, j'ai été déçu de ne pas avoir pu jouer ma grande scène, mais le soir, allongé dans mon lit, au fond de moi, j'étais plutôt soulagé de ne pas partir. Le temps d'avoir dix-sept ans, la guerre serait finie, et on n'en parlerait plus.

Quelques semaines plus tard, le Colonel a rendu une visite surprise à Mère, pendant que Charlie et moi étions à la ferme. Nous ne l'avons appris que le soir, lorsque nous sommes rentrés à la maison, et que Molly nous l'a dit. J'ai senti qu'il y avait quelque chose de bizarre, car Mère était particulièrement inquiète et silencieuse. Elle ne répondait même pas aux questions de Big Joe. Puis, quand Molly s'est levée après le dîner, en disant qu'elle irait bien faire un tour avec Charlie et moi, j'ai eu la certitude qu'il y avait un problème. Nous n'étions pas sortis tous les trois ensemble depuis longtemps. Si Charlie me l'avait proposé, j'aurais refusé, c'est sûr. Mais il m'était toujours plus difficile de dire non à Molly.

Nous sommes descendus vers la rivière, comme autrefois, lorsque nous voulions nous isoler, là où Molly et moi nous étions rencontrés si souvent quand je leur servais de messager. Molly s'est assise sur la berge entre nous deux, nous a pris chacun par la main, et a commencé à parler :

— Je romps une promesse que j'ai faite à votre mère. J'aimerais tellement mieux ne rien vous dire ! Mais il le faut. Vous devez savoir ce qui se prépare. C'est le Colonel. Il est venu parler à Mère ce matin, en assurant qu'il ne faisait que son « devoir de patriote ». Il a expliqué que la guerre tourne mal pour nous, que le pays a besoin d'hommes. Il a donc décidé qu'il était temps pour tous les hommes valides qui travaillent ou qui vivent sur ses terres, pour tous ceux qui peuvent être disponibles, de se porter volontaires, de partir à la guerre et de remplir leur devoir envers le roi et le pays. Pour le travail sur le domaine, a-t-il continué, on se débrouillera sans eux pendant un moment.

Molly a serré ma main plus fort, et sa voix s'est mise à trembler.

— Il a décidé que tu devais y aller, Charlie, ou bien il ne nous laissera plus habiter la maison. Ta mère a protesté autant qu'elle le pouvait, mais il n'a rien voulu entendre. Et il s'est mis en colère. Il va nous chasser, Charlie, il ne nous emploiera plus, ni ta mère ni moi, tant que tu ne partiras pas.

— Il ne ferait pas ça, Molly. Ce n'est qu'une menace,

116

a dit Charlie. Il ne peut pas. Il n'en a tout simplement pas le droit.

— Il peut très bien le faire, a répliqué Molly, et il ne s'en privera pas. Tu le connais. Quand le Colonel a quelque chose en tête, qu'il est décidé à agir, rien ne peut l'en empêcher. Souviens-toi de Bertha. Il ne plaisante pas, Charlie.

— Mais le Colonel avait promis, ai-je protesté. Sa femme aussi, avant de mourir. Elle voulait qu'il protège Mère. Et le Colonel a dit que nous pouvions rester dans la chaumière. Mère nous l'a raconté.

— Elle le lui a rappelé, a repris Molly. Et vous savez ce qu'il a répondu ? Qu'il n'y avait jamais eu de promesse, que ce n'était qu'un simple souhait de son épouse, que de toute façon, la guerre changeait tout. Il ne ferait aucune exception. Charlie doit s'enrôler ou nous serons chassés de la maison à la fin du mois.

Nous sommes restés assis là jusqu'à la tombée de la nuit, en nous tenant par la main, Molly laissant reposer sa tête sur l'épaule de Charlie. Elle sanglotait doucement de temps en temps, mais aucun de nous ne parlait. Ce n'était pas la peine. Nous savions tous qu'il n'y avait pas d'issue, que la guerre nous séparait et que nos vies allaient changer à jamais. En cet instant, cependant, je gardais précieusement sa main dans la mienne, je gardais précieusement ces derniers moments passés ensemble.

Soudain, Charlie a rompu le silence.

— Je vais être sincère, Molly, a-t-il dit. Ça me

tracasse, depuis quelque temps. Comprends-moi bien : je n'ai pas envie d'y aller. Mais j'ai vu les listes, dans les journaux, tu sais, avec tous les tués et les blessés. Les malheureux ! Il y en a des pages et des pages. Ça ne me paraît pas juste d'être ici, en train de profiter de la vie, pendant qu'ils sont là-bas. Ce n'est pas si terrible, Molly. J'ai vu Benny Copplestone hier. Il se pavanait dans son bel uniforme, au pub. Il a une permission. Il est resté plus d'un an en Belgique. Il dit que ça va, et même que c'est «pépère». D'après lui, les Allemands sont en mauvaise posture, à présent. Encore un effort et ils retourneront à Berlin en courant, la queue entre les jambes. Alors, tous nos gars pourront rentrer chez eux.

Il s'est tu un instant et a embrassé Molly sur le front.

— De toute façon, on dirait que je n'ai pas beaucoup le choix, n'est-ce pas, Moll ?

— Oh, Charlie, a murmuré Molly. Je ne veux pas que tu partes.

— Ne t'inquiète pas, Molly. Avec un peu de chance, je serai là pour baigner la tête du bébé. Tommo veillera sur toi. Il sera l'homme de la maison, n'est-ce pas Tommo ? Et si ce vieux schnoque de Colonel pointe sa sale gueule à la porte une fois que je serai parti, tue-le, ce salaud, Tommo, comme il a tué Bertha.

Je savais qu'il ne plaisantait qu'à moitié.

Soudain, je leur ai dit, sans même y réfléchir une seconde :

– Je ne reste pas. Je pars avec toi, Charlie.

Ils ont essayé de me dissuader, tous les deux. Ils ont discuté, ils se sont fâchés, mais j'étais décidé à ne pas me laisser faire, cette fois. J'étais trop jeune, disait Charlie. Je répondais que j'aurais seize ans dans quelques semaines, que j'étais aussi grand que lui, qu'il suffirait que je me rase et que je parle d'une voix plus grave pour avoir l'air d'avoir dix-sept ans. Mère ne me laisserait pas partir, disait Molly. Je répondais que je m'enfuirais, qu'elle ne pourrait pas m'enfermer.

– Et qui sera là pour veiller sur nous si vous partez tous les deux ?

Molly m'implorait, maintenant.

– Sur qui préfères-tu que je veille, Molly ? lui ai-je demandé. Sur vous tous, à la maison, qui pouvez parfaitement vous occuper de vous ? Ou sur Charlie qui se met toujours dans de mauvais pas, même ici ?

Incapables de répondre, ils ont compris, comme moi, que j'avais gagné. J'irai à la guerre avec Charlie. Rien ni personne ne pourraient m'arrêter, maintenant.

J'ai eu deux longues années pour réfléchir sur la raison qui m'a poussé à décider comme ça, sur un coup de tête, de m'en aller avec Charlie. Finalement, je suppose que c'est parce que je ne supportais pas l'idée d'être séparé de lui. Nous avions toujours vécu ensemble et tout partagé, même notre amour pour Molly. Je ne voulais peut-être pas qu'il vive cette aventure sans moi. Et puis, il y avait cette étincelle qu'avaient allumée chez moi ces soldats aux tuniques écarlates qui avaient traversé fièrement la grand-rue de Hatherleigh, leur marche régulière, leurs tambours et leurs clairons qui retentissaient dans la ville, l'appel aux armes exaltant du sergent-major. Il avait peut-être réveillé en moi des sentiments dont je n'étais pas conscient auparavant, et dont je n'avais de toute façon jamais parlé. Il est vrai que j'aimais tout ce qui m'était familier. J'aimais ce que je connaissais, et je ne connaissais que ma famille, Molly, et la campagne où j'avais grandi. Je ne voulais pas qu'un soldat étranger mette jamais le pied sur notre sol, chez moi. Je ferais tout ce que je pouvais pour l'empêcher et protéger les gens que j'aimais. Je le ferais avec Charlie. Mais au fond de moi, je savais que ce qui m'avait décidé plus que Charlie, plus que mon pays, la fanfare ou le sergent-major, c'était cette vieille femme édentée, sur la place, qui m'avait lancé d'un ton railleur : « Tu n'es pas un lâche, hein ? Tu n'es pas un lâche ? »

Je n'étais pas sûr de ne pas l'être, et j'avais besoin de le savoir.

Il fallait que je me mette à l'épreuve. Il fallait que je me mette à l'épreuve pour savoir qui j'étais.

Deux jours plus tard, deux jours que je passai à me défendre contre les tentatives de ma mère pour m'empêcher de partir, nous sommes allés tous ensemble à la gare de jonction de Eggesford, où

Charlie et moi devions prendre le train pour Exeter On n'avait pas dit à Big Joe que nous partions à la guerre. Nous serions simplement absents un certain temps, et nous reviendrions bientôt. Nous ne lui avons pas dit la vérité, mais nous ne lui avons pas menti non plus. Mère et Molly essayaient de ne pas pleurer à cause de lui. Et nous aussi.

– Veille sur Charlie pour moi, Tommo, m'a dit Molly. Et prends soin de toi.

J'ai senti la rondeur de son ventre contre moi, quand nous nous sommes embrassés.

Mère m'a fait promettre de me tenir correctement, de bien me conduire, d'écrire à la maison, et de revenir.

Puis nous sommes montés dans le train, Charlie et moi, le premier train que nous ayons vu de notre vie, et nous nous sommes penchés par la fenêtre, en agitant la main en signe d'adieu, jusqu'à ce qu'un nuage de suie nous fasse soudain reculer, cracher et toussoter. Lorsqu'il s'est dissipé et que nous avons pu remettre la tête dehors, la gare était déjà hors de vue. Nous nous sommes assis l'un en face de l'autre.

– Merci, Tommo, a dit Charlie.

– De quoi ? lui ai-je demandé.

– Tu le sais bien, a-t-il répondu, et nous avons tous les deux regardé par la fenêtre.

Il n'y avait plus rien à dire. Un héron s'est envolé au-dessus du fleuve et nous a accompagnés pendant un moment avant de tourner et d'aller se percher là-haut dans les arbres. Un troupeau effarouché de vaches Ruby Red se sont dispersées au passage du train, courant, la queue relevée.

Puis nous sommes entrés dans un tunnel, un long tunnel noir et assourdissant, rempli de fumée et d'obscurité. J'ai l'impression de ne plus jamais être sorti de ce tunnel depuis ce jour-là. C'est ainsi que nous sommes partis à la guerre, Charlie et moi, dans un bruit de ferraille. Il y a si longtemps, maintenant, me semble-t-il, le temps d'une vie.

Deux heures quatorze

Je continue à regarder l'heure. Je m'étais promis de ne pas le faire, mais on dirait que je ne peux pas m'en empêcher. Chaque fois, j'approche la montre de mon oreille, et j'écoute son mouvement d'horlogerie. Il est toujours là, découpant doucement les secondes, les minutes, les heures. Il me signifie qu'il ne reste plus que trois heures et quarante-six minutes. Charlie m'a dit un jour que cette montre ne s'arrêterait jamais, qu'elle ne me laisserait jamais tomber, tant que je n'oublierais pas de la remonter. « C'est la meilleure montre du monde, m'a-t-il dit, une montre merveilleuse. » Mais ce n'est pas vrai. Si elle était si merveilleuse, elle ne se contenterait pas de donner l'heure, d'enregistrer le temps qui passe – n'importe quelle vieille montre peut faire ça. Une montre vraiment merveilleuse ferait le temps. Alors, si elle s'arrêtait, le temps lui-même s'immobiliserait, cette nuit ne finirait jamais et le matin ne viendrait pas. Charlie m'a souvent dit qu'ici, nous étions en sursis. Je ne veux plus de sursis. Je veux que le temps s'arrête pour qu'il n'y ait pas de lendemain, pour que l'aube ne vienne jamais.

J'écoute encore ma montre, la montre de Charlie. Elle marche toujours. N'écoute pas, Tommo. Ne regarde pas. Ne pense pas. Souviens-toi, seulement.

– Garde à vous ! Regardez devant vous, Peaceful, horrible petit bonhomme ! Rentrez le ventre, poitrine en avant, Peaceful… À plat dans la boue, Peaceful, c'est votre place, misérable ver de terre. À plat ventre ! Mon Dieu, Peaceful, ils n'ont rien trouvé de mieux à nous envoyer, ces derniers temps ? De la vermine, voilà ce que vous êtes. De la vermine pouilleuse, et il faut que je fasse un soldat de vous !

De tous les noms que le sergent Hanley, dit « l'Horrible », hurlait sur le terrain de manœuvres d'Étaples, lorsque nous sommes arrivés en France, Peaceful était de loin celui qu'il prononçait le plus souvent. Il y avait deux Peaceful dans la compagnie bien sûr, ce qui faisait une différence, mais ce n'était pas la raison principale. Dès le tout début, le sergent Hanley s'en était pris à Charlie, simplement parce qu'il n'acceptait pas les brimades, et qu'il n'avait pas peur de lui, contrairement à nous.

Avant d'arriver à Étaples, nous avions tous, y compris Charlie et moi, fait un voyage agréable, et baptisé en douceur notre vie de soldats. Pendant plusieurs semaines, en effet, nous n'avions pas fait grand-chose d'autre que plaisanter et rigoler. Dans le train pour Exeter, Charlie m'avait dit que nous pourrions facilement passer pour des jumeaux, qu'il suffisait que je fasse attention, que je prenne une voix plus grave, et qu'à partir de maintenant, je me conduise comme quelqu'un de dix-sept ans. Lorsque nous sommes arrivés devant le sergent recruteur, au dépôt du régiment, je me suis grandi autant que je l'ai pu, et Charlie a parlé pour moi, de peur que ma voix me trahisse.

– Je suis Charlie Peaceful, et voici Thomas Peaceful. Nous sommes jumeaux, et nous nous engageons comme volontaires.

– Date de naissance ?

– 5 octobre, a dit Charlie.

– Tous les deux ? a demandé le sergent recruteur, et il m'a semblé qu'il m'examinait d'un air un peu dubitatif.

– Bien sûr, a menti tranquillement Charlie, je suis l'aîné d'une heure seulement.

Et voilà. Ce n'était pas plus difficile que ça. Nous étions engagés.

Les bottes qu'ils nous ont données étaient raides et beaucoup trop grandes – il n'y avait pas de pointures plus petites. Charlie, moi et les autres marchions donc lourdement, comme des clowns, des clowns en kaki, avec des casques sur la tête. Les uniformes ne nous allaient pas non plus, et nous faisions des échanges, jusqu'à ce qu'ils nous conviennent mieux. Nous avions retrouvé quelques visages familiers parmi des centaines d'inconnus. Nipper Martin, un petit gars aux oreilles décollées, qui cultivait des navets dans la ferme de son père, à Dolton, et qui jouait sacrement bien aux quilles, là-bas, au *Duke*. Pete Bovey, couvreur de toits de chaume et buveur de cidre, de Dolton lui aussi, avec son visage rouge et des mains comme des pelles, que nous avions souvent vu au village, à Iddleseigh, perché en haut de quelque toit, en train de clouer le chaume. Avec nous, il y avait aussi le petit Les James avec qui nous étions à l'école, le fils de Bob James, le chasseur de rats du village et le guérisseur de verrues. Il avait hérité des dons de son père pour les rats et les verrues et il prétendait toujours savoir s'il allait pleuvoir ou pas le lendemain. En général, il ne se trompait pas. Il avait gardé son tic nerveux à l'œil, dont je ne pouvais détacher mon regard, quand nous étions en classe ensemble.

Au camp d'entraînement de Salisbury Plain, à force de vivre côte à côte, nous avons rapidement appris à nous connaître, mais pas nécessairement à nous aimer – c'est venu plus tard. Nous avons également appris à jouer des rôles, à faire croire que nous étions des soldats. Nous avons pris l'habitude de porter nos uniformes kaki d'une certaine façon – je n'ai jamais réussi à porter l'uniforme écarlate auquel j'avais rêvé –, de repasser en défroissant le tissu et en faisant le pli, de rapiécer et raccommoder nos chaus-settes, de faire briller nos boutons, nos insignes et nos bottes. Nous nous sommes exercés à marcher en cadence, à faire demi-tour sans nous cogner les uns contre les autres, à redresser la tête d'un coup sec et à saluer dès que nous voyions un officier. Tout ce que nous faisions, c'était ensemble et en cadence – tous, à l'exception du petit Les James qui n'arrivait jamais à balancer ses bras en même temps que nous, malgré tous les hurlements des sergents et des caporaux. Ses bras et ses jambes bougeaient en accord les uns avec les autres, mais avec personne d'autre, il n'y avait rien à faire. Les sous-officiers pouvaient lui crier cent fois qu'il avait deux pieds gauches, il ne semblait pas s'en préoccuper. C'était un bon sujet de rigolade. Nous avons beaucoup ri pendant cette première période.

On nous a donné des fusils, des sacs à dos et des pelles pour creuser des tranchées. On nous a montré comment grimper à toute allure sur les collines avec un lourd paquetage, comment tirer correctement. Charlie n'avait pas besoin de cours. Sur le champ de tir, il s'est révélé de très loin le meilleur de la com-pagnie. Quand on lui a remis son insigne rouge de tireur d'élite, j'étais vraiment fier de lui. Il n'était pas mécontent non plus. Même avec les baïonnettes, il fallait toujours jouer à faire semblant. Nous devions charger en avant en criant toutes les obscénités que nous connaissions – je n'en connaissais pas beau-coup, pas encore – à des mannequins bourrés de paille, dans lesquels nous enfoncions nos armes jusqu'au manche. Nous jurions et pestions contre ce sale Boche que nous transpercions, en remuant la lame et en la sortant comme on nous l'avait enseigné. « Frappe à l'estomac, Peaceful. Là où il n'y a pas de résistance. Enfonce la lame. Tourne-la. Sors-la. »

À l'armée, il fallait toujours être en rangs ou en lignes. Nous dormions sous de longues files de tentes, nous nous asseyions aux cabinets en rangées. Même là, il était impossible de s'isoler. C'est ce que j'ai rapidement compris. Il n'y avait plus aucun endroit où s'isoler. Nous vivions chaque moment de chaque jour ensemble, et généralement en rangs. Nous formions sans cesse des files pour nous raser, pour manger, pour les inspections. Même lorsque nous creusions des tranchées, il fallait qu'elles soient alignées, des tranchées bien droites avec des bords bien droits, qu'il fallait creuser vite, aussi, les compagnies étant en concurrence les unes avec les autres. Nous dégoulinions de sueur, nous avions mal au dos, nos mains étaient constamment couvertes d'ampoules.

– Plus vite ! hurlaient les caporaux. Plus profond ! Vous voulez avoir la tête soufflée, Peaceful ?

– Non, caporal.

– Vous voulez avoir le cul soufflé, Peaceful ?

– Non, caporal.

– Vous voulez avoir les couilles soufflées, Peaceful ?

– Non, caporal.

– Alors creusez, bande de fainéants, creusez, parce

que quand vous partirez d'ici, tout ce que vous aurez pour vous cacher, c'est cette bon Dieu de terre ! Et quand leurs obus vous tomberont dessus, je vous dis que vous regretterez de pas avoir creusé plus profond. Plus vous creusez profond, plus vous vivrez longtemps. Je le sais, j'y suis allé, là-bas.

Les officiers et les sous-officiers avaient beau nous parler des épreuves et des dangers de la guerre de tranchées, nous avions l'impression d'être simplement des acteurs qui répétaient une pièce en costume. Nous devions jouer notre rôle, nous habiller pour le rôle, mais à la fin, ce ne serait qu'une pièce de théâtre. Voilà ce que nous voulions croire, enfin, quand nous en parlions entre nous. Mais en réalité, nous ne parlions pas beaucoup. Je pense que nous n'osions pas, car au fond, nous savions tous ce qu'il en était et cela nous faisait frémir. Nous essayions donc de le nier ou de le dissimuler, et souvent les deux à la fois.

Je me souviens que nous étions à l'exercice dans les collines, un matin, allongés sur le dos, quand Pete s'est assis brusquement.

– Écoutez ça, a-t-il dit. Ce sont des canons, ça vient de France, de vrais canons.

Nous nous sommes assis pour écouter. Nous les avons entendus. Certains ont dit que c'était le tonnerre au loin. Mais nous avons très bien entendu. Nous avons vu soudain la peur dans nos yeux et su ce que c'était.

Pourtant, l'après-midi même, nous avons recommencé à jouer à la guerre, avec nos sacs à dos pleins, à l'attaque d'un bouquet d'arbres « ennemis ». Aux coups de sifflet, nous sommes sortis des tranchées et avons marché en avant, la baïonnette au canon. Puis nous avons reçu l'ordre de nous jeter à plat ventre et nous avons rampé dans l'herbe haute. Le sol avait gardé la chaleur de l'été, et il y avait des boutons-d'or. Alors, j'ai pensé à Charlie et à Molly, à Charlie et aux boutons-d'or dans les prairies humides, près de la maison. Une abeille, lourde de pollen, mais avide d'en trouver davantage, butinait des trèfles devant moi tandis que je rampais. Je me rappelle lui avoir parlé :

– Nous nous ressemblons beaucoup, toi et moi, chère abeille, lui ai-je dit. Tu peux porter ton sac sur le ventre, et la pointe de ton fusil peut dépasser de ton derrière, il n'empêche, chère abeille, que nous nous ressemblons beaucoup, toi et moi.

L'abeille, sans doute vexée, s'est envolée. Je suis resté allongé là où j'étais, appuyé sur les coudes, et je l'ai regardée s'éloigner, jusqu'à ce que le caporal interrompe brutalement mes pensées.

– Vous vous croyez où ? Peaceful ? C'est pas une partie de plaisir, ici ! Debout !

Pendant ces premières semaines en uniforme, je n'avais guère eu le temps de m'ennuyer de qui que ce soit, ni de Molly, même si je pensais souvent à elle, ni de Mère, ni de Big Joe. Ce n'étaient que des pensées fugitives. Charlie et moi parlions rarement de la maison – de toute façon, nous n'étions presque jamais seuls quand nous étions ensemble. Nous avions même cessé de maudire le Colonel. Cela n'avait plus de sens, à présent. Il avait agi de façon détestable, mais c'était fait. Nous étions soldats, désormais, et ce n'était pas si mal. En fait, malgré les mises en rang et les vociférations des sous-officiers, c'était de la rigolade, une vraie rigolade. Nous écrivions des lettres enjouées à la maison. Charlie adressait la plupart des siennes à Molly, et moi, j'envoyais toutes les miennes à Mère et à Big Joe. Nous nous les lisions à haute voix, en tout cas les passages que nous voulions partager. Nous n'étions pas autorisés à dire où nous nous trouvions, ni quoi que ce soit sur l'entraînement, mais nous avions toujours beaucoup à leur écrire, beaucoup de choses à propos desquelles nous vanter, beaucoup à leur demander. Nous leur disions la vérité, que tout se passait bien – que nous mangions correctement et nous conduisions bien, la plupart du temps. Mais à partir du moment où nous avons pris le bateau pour la France, la belle vie a pris fin. Le petit Les James a dit qu'il sentait venir la tempête, et comme d'habitude, il avait raison.

Il n'y avait pas un homme à bord de ce bateau qui ne désirât mourir avant d'arriver en France. La plupart d'entre nous, y compris Charlie et moi, n'avaient jamais vu la mer avant, et encore moins les lourdes vagues grises de la Manche. Nous titubions sur le pont comme des fantômes ivres, n'ayant qu'un seul souhait : être délivrés de notre supplice. Charlie et moi vomissions par-dessus bord, lorsqu'un marin est venu vers nous, nous a tapé cordialement dans le dos et nous a dit que si nous devions mourir, nous serions beaucoup mieux dans la cale avec les chevaux. Nous avons donc descendu les passerelles d'un pas chancelant jusqu'à nous retrouver tous les deux dans les entrailles du bateau, au milieu des chevaux terrifiés par la tempête, et qui semblaient contents d'avoir un peu de compagnie. Nous avons rampé à l'intérieur, nous nous sommes recroquevillés dans la paille, trop près de leurs sabots, mais trop malades pour prendre garde au danger que cela pouvait représenter. Le marin avait raison. Là, tout en bas, le roulis du navire n'était pas aussi sensible, et malgré la puanteur d'huile de machines et de crottin, nous nous sommes sentis rapidement mieux.

Quand les moteurs se sont enfin arrêtés, nous sommes montés sur le pont et nous avons regardé la France pour la première fois. La mouette française, qui planait au-dessus de nous en me regardant d'un air profondément soupçonneux, ressemblait beaucoup à toutes les mouettes qui suivaient les charrues, au village. Les voix que j'entendais sur le quai, en dessous, étaient anglaises. Tous les uniformes, tous les casques étaient comme les nôtres. Et puis soudain, comme nous descendions la passerelle de débarquement, nous avons vu. Nous avons vu les files de blessés qui marchaient d'un pas traînant le long du quai vers nous. Certains, les yeux bandés, se tenaient à l'épaule de ceux qui les devançaient. D'autres étaient couchés sur des brancards. L'un d'eux, qui tirait sur une cigarette entre ses lèvres pâles, desséchées, a levé ses yeux jaunes et creusés vers moi.

– Bonne chance, les gars ! a-t-il crié à notre passage. Donnez-leur ce qu'ils méritent !

Les autres sont restés silencieux et leur silence hébété parlait à chacun de nous, pendant que nous formions nos rangs et sortions de la ville. Nous savions tous que la rigolade, c'était fini, qu'on ne jouait plus la comédie. À partir de ce moment, nous avons tous compris que les choses sérieuses commençaient. C'était notre vie que nous allions jouer, et pour beaucoup d'entre nous, notre mort.

Si certains avaient gardé encore quelques illusions, elles se sont rapidement dissipées à la vue du vaste camp d'entraînement d'Étaples. Le camp – une ville couverte de tentes – s'étendait à perte de vue, et de toutes parts, je ne distinguais que des soldats à l'exercice, qui marchaient, allaient au pas de course, rampaient, effectuaient des conversions, saluaient, présentaient les armes. Je n'avais jamais vu de ma vie autant de gens s'agiter, jamais entendu un tel vacarme humain. L'air retentissait d'ordres aboyés et d'obscénités criées à toute volée. C'est là que nous avons rencontré « l'Horrible » sergent Hanley pour la première fois, le fléau en chef, le tourmenteur qui, au cours des semaines suivantes, allait faire tout ce qu'il pouvait pour nous rendre la vie infernale à tous.

Dès que nous l'avons vu, nous avons presque tous commencé à vivre dans la crainte. Il n'était pas grand, mais il avait un regard d'acier qui nous pénétrait, et une voix hargneuse, cinglante, qui nous terrorisait. Nous cédions à sa volonté et obéissions à ses ordres. C'était le seul moyen de survivre. Il avait beau nous faire monter des collines au pas de course avec des sacs à dos remplis de pierres, il avait beau nous ordonner de nous jeter dans la boue glacée et de ramper, nous le faisions, et même avec un certain élan. Nous savions que si l'on se permettait la moindre chose, telle que protester, se plaindre, lui répondre, ou le regarder simplement dans les yeux, on ne ferait qu'attirer davantage de fureur, de peine et de punitions sur nous. Nous le savions, car nous avions vu ce qui était arrivé à Charlie. Charlie n'acceptait pas son petit jeu. C'est ce qui lui avait valu des ennuis dès le début.

C'était un samedi matin, et nous étions inspectés avant de défiler pour le service religieux, lorsque le sergent Hanley a trouvé que Charlie avait mal mis son insigne sur son képi. D'après lui, il était de travers. Hanley s'est approché tout près de Charlie et s'est mis à lui hurler des insultes en pleine figure. J'étais en rang, juste derrière Charlie, et même là, je sentais les postillons de Hanley.

– Vous savez ce que vous êtes ? Vous êtes une insulte à la Création, Peaceful. Qu'est-ce que vous êtes ?

Charlie a réfléchi un moment, puis il a répondu d'une voix claire, ferme, et sans la moindre peur :

– Heureux d'être là, sergent.

Hanley a eu l'air ébahi. Nous connaissions tous la réponse qu'il attendait. Il a répété :

– Vous êtes une insulte à la Création. Qu'est-ce que vous êtes ?

– Comme je l'ai dit, sergent, heureux d'être là.

Charlie ne voulait pas donner à Hanley la satisfaction de jouer son jeu, et Hanley pouvait lui poser sa question autant de fois qu'il le voulait, crier aussi fort qu'il le voulait, il ne céderait pas. Après cette histoire, Charlie a dû monter la garde plusieurs nuits de suite, sans pouvoir se reposer. Hanley ne lui a plus laissé de répit, ne manquant jamais l'occasion de le harceler et de le punir.

Dans la compagnie, certains n'appréciaient guère l'attitude de Charlie. Pete était de ceux-là. Il disait que Charlie provoquait inutilement Hanley et qu'il rendait les choses difficiles pour les autres. Je dois dire que j'étais à moitié d'accord avec eux – bien que je ne leur aie jamais dit, et encore moins à Charlie. Il était tout à fait vrai que Hanley était particulièrement dur avec notre compagnie, sans aucun doute pour se venger de Charlie. Charlie essayait de chasser une guêpe à grands gestes, et la guêpe ne se

135

contentait pas de le piquer lui, elle nous piquait tous en même temps. Charlie commençait à être perçu par les autres comme celui qui attire les ennuis, un peu comme un oiseau de malheur. Personne ne le lui disait vraiment, ils l'aimaient et le respectaient trop, mais Pete, le petit Les et Nipper Martin sont venus me voir en secret et m'ont demandé de lui en parler. J'ai essayé de prévenir Charlie du mieux que je pouvais.

— Il est comme Mr. Munnings, quand on allait à l'école, Charlie. Notre seigneur et maître, tu te rappelles ? Hanley est notre seigneur et maître, ici. Impossible d'avoir le dessus.

— Ce n'est pas une raison pour me coucher devant lui et me laisser piétiner, a-t-il répondu. Ça se passera bien pour moi, ne t'inquiète pas. Occupe-toi plutôt de toi. Fais attention. Il t'a à l'œil, Tommo, je l'ai vu.

C'était typiquement Charlie. Alors que j'essayais de le mettre en garde, il renversait les choses, et finissait par me mettre en garde moi-même.

C'est un petit incident qui a tout déclenché, un canon de fusil sale. Quand j'y repense, maintenant, je suis certain que Hanley l'avait fait exprès pour provoquer Charlie. Tout le monde savait désormais que j'étais le frère cadet de Charlie, et trop jeune d'un an pour m'enrôler. Nous avions cessé depuis longtemps de faire semblant d'être jumeaux. Après avoir rencontré Pete, le petit Les et Nipper, qui étaient du même coin que nous, nous avions dû tout raconter. De toute façon cela n'avait guère d'importance. Dans le régiment, il y avait des dizaines d'autres soldats dans le même cas, et tout le monde le savait. Après tout, le pays avait besoin de tous les hommes disponibles. Les autres gars se moquaient de moi, de mon menton lisse comme un derrière de bébé, que je n'avais pas besoin de raser, de ma voix trop aiguë aussi. Mais ils savaient que Charlie me protégeait. Si jamais les railleries dérapaient un peu, Charlie leur lançait un petit regard, et ils arrêtaient. Il ne m'a jamais couvé, mais tout le monde savait qu'il me soutiendrait quoi qu'il arrive.

Hanley était méchant, mais il n'était pas bête. Il avait dû sentir cette complicité, lui aussi, c'est pourquoi il s'est mis à me harceler à mon tour. J'avais appris à affronter ce genre de situation avec Mr. Munnings quand j'allais à l'école, mais l'Horrible était un as de la persécution. Il trouvait toutes sortes de prétextes pour s'en prendre à moi et me punir. Obligé de faire des exercices supplémentaires et de monter sans cesse la garde, j'ai rapidement perdu mes forces. Plus j'étais épuisé, plus je faisais de fautes, et plus je faisais de fautes, plus Hanley me punissait.

Nous étions à l'exercice un matin, au garde-à-vous sur trois rangées, lorsqu'il a attrapé mon fusil. Il a regardé dans le canon et a déclaré qu'il était « sale ». Je connaissais le tarif, nous le connaissions tous :

cinq fois le tour du terrain de manœuvres au pas de course en tenant son fusil au-dessus de sa tête. Au bout de deux tours seulement, je ne pouvais plus tenir mon fusil au-dessus de ma tête. Mes bras flanchaient au niveau du coude. Hanley m'a crié :

– Chaque fois que vous laissez retomber ce fusil, Peaceful, vous recommencez la punition depuis le début. Cinq tours de plus, Peaceful !

La tête me tournait. Je ne courais plus, je titubais à présent, parvenant tout juste à tenir debout. Mon dos me faisait terriblement souffrir. Je n'avais plus la force de tenir le fusil comme il le fallait. Je me rappelle avoir entendu un hurlement, avoir compris que c'était Charlie, et m'être demandé pourquoi il criait. Puis je me suis évanoui. Lorsque j'ai repris connaissance sous ma tente, on m'a raconté ce qui s'était passé. Charlie avait rompu les rangs et avait couru vers Hanley en l'invectivant. Il ne l'avait pas vraiment frappé, mais il s'était approché tout près de son visage, et lui avait dit exactement ce qu'il pensait de lui. Il paraît que c'était formidable, qu'à la fin, tout le monde l'a acclamé. Mais Charlie avait été emmené au poste de garde, et mis aux arrêts.

Le lendemain, tout le bataillon a dû défiler sous une pluie battante pour assister au châtiment de Charlie. Ils l'ont amené, attaché à la roue d'un canon. «Punition en Campagne Numéro Un», comme ils l'appelaient. Le général de brigade, droit sur son cheval, a dit que c'était un avertissement pour nous tous, que le soldat Peaceful s'en tirait bien, que l'insubordination en temps de guerre pouvait être considérée comme de la mutinerie et que la mutinerie était punie de mort, que le coupable était fusillé par un peloton d'exécution. Toute la journée, Charlie est resté attaché là, sous la pluie, bras et jambes écartés. Lorsque nous sommes passés devant lui, Charlie m'a souri. J'ai essayé de lui rendre son sourire, mais seules les larmes me sont montées aux yeux. Il me rappelait Jésus cloué sur la croix, dans l'église du village, à Iddleseigh. J'ai repensé au cantique que nous chantions au catéchisme, *Quel ami nous avons en Jésus*, et je l'ai chanté dans ma tête pour empêcher mes larmes de couler pendant que je marchais. Je me rappelais Molly en train de le chanter au fond du verger quand nous avions enterré la souris de Big Joe, et soudain je me suis aperçu que j'avais changé involontairement les paroles, que j'avais remplacé Jésus par Charlie. Et tandis que nous nous éloignions, je chantais pour moi-même à mi-voix *Quel ami j'ai en Charlie*.

Trois heures une

Je me suis endormi. J'ai perdu de précieuses minutes – je ne sais pas combien, mais ce sont des minutes que je ne retrouverai plus jamais. Je devrais pourtant être capable de lutter contre le sommeil. Je l'ai fait assez souvent quand je montais la garde dans les tranchées, mais alors j'avais froid, ou peur, ou les deux à la fois, comme mes camarades restés éveillés. Je rêve de ce moment où l'on s'abandonne au sommeil, où l'on se laisse aller à la dérive dans la chaleur du néant. Résiste, Tommo, résiste. Lorsque cette nuit sera passée, alors tu pourras te laisser aller à la dérive, tu pourras dormir pour toujours, car pour toi, plus rien n'aura d'importance. Chante *Oranges et Citrons*. Vas-y. Chante-le. Chante-le comme Big Joe, encore et encore. Voilà ce qui te tiendra éveillé.

Oranges et Citrons, disent les cloches
    de Saint-Clément,
Tu me dois cinq sous, disent les cloches
    de Saint-Martin.

Quand me paieras-tu ? disent les cloches
    de Old Bailey.
Quand je serai riche, disent les cloches de Shoreditch.
Et ce sera quand ? disent les cloches de Stepney.
Là tu m'en demandes trop, dit la grosse cloche
    de Bow,
Voici une chandelle pour aller te coucher,
Et voici un couperet pour la tête te couper.

Ils nous annoncent que nous allons partir au front, et nous sommes tous soulagés. Nous quittons Étaples et le sergent Hanley pour toujours, c'est du moins ce que l'on espère. Nous quittons la France et marchons vers la Belgique, en chantant. Le capitaine aime nous entendre chanter. C'est bon pour le moral, dit-il, et il a raison. Plus nous chantons, plus nous sommes gais, en dépit de tout ce que nous voyons – les villages détruits par les obus, les hôpitaux de campagne, les cercueils vides qui attendent. Le capitaine était chef de chœur et professeur dans le civil, à Salisbury. Il savait donc ce qu'il faisait. Nous espérons qu'il saura ce qu'il fera quand nous arriverons dans les tranchées. Il est difficile de croire que l'Horrible sergent Hanley et lui sont dans la même armée, du même côté. Nous n'avons jamais rencontré personne qui nous traite avec autant de gentillesse et de considération. Comme le dit Charlie : « Il nous traite comme

141

il faut. » C'est pourquoi, nous le traitons comme il faut, nous aussi, à l'exception de Nipper Martin qui se moque de lui dès qu'il peut. Nipper est ainsi, il peut être méchant parfois. C'est le seul qui continue à railler ma voix trop aiguë.

– Avons-nous perdu le moral ? Non ! Alors que vos voix résonnent et chantent : Notre moral est au plus haut, au plus haut !

Nous chantons à gorge déployée et marchons avec un nouvel élan. Et quand nous avons fini, qu'il ne reste que le bruit de nos pas sonores, Charlie entonne *Oranges et Citrons*, ce qui nous fait tous rire, le capitaine aussi. Je l'accompagne, et bientôt tous les autres se joignent à nous. Personne ne sait pourquoi nous avons choisi cette chanson, bien sûr. C'est un secret entre Charlie et moi, et je sens, pendant que nous chantons, que comme moi, il pense à Big Joe, et au toit familial.

Le capitaine nous a dit que nous allions dans un secteur plutôt tranquille depuis un certain temps, que ça ne devrait pas être trop dur. Cela nous rassure, bien sûr, mais au fond nous ne sommes pas très inquiets. Rien ne pourrait être pire que ce que nous avons laissé derrière nous. Nous passons devant une batterie de gros canons, les artilleurs sont assis autour d'une table et jouent aux cartes. Les canons sont silencieux, leur bouche grande ouverte bâille vers l'ennemi. Je regarde dans la direction où ils sont pointés, mais ne vois pas d'ennemi. Les seuls ennemis que j'ai aperçus, c'était un petit groupe de prisonniers en haillons, s'abritant de la pluie sous un arbre, leurs uniformes gris maculés de boue. Certains souriaient, quand nous sommes passés devant eux. Il y en a même un qui nous a fait signe, et a crié :

– *Hello !* Tommy.

– Il te parle, m'a dit Charlie en riant.

Il se moquait de moi, bien sûr, car les Allemands appellent tous les soldats britanniques « Tommy », comme nous les appelons tous des « Boches ».

J'ai agité ma main vers eux, moi aussi. Ils nous ressemblaient beaucoup, en plus sales.

Deux avions tournent dans le ciel comme des buses dans le lointain. Lorsqu'ils se rapprochent, je vois qu'ils ne tournent pas en rond, mais que l'un poursuit l'autre. Ils sont encore trop loin pour que l'on puisse voir lequel est des nôtres. Nous décidons que c'est le plus petit des deux, et nous l'encourageons bruyamment. Soudain, je me dis que le pilote de l'aéroplane jaune qui avait atterri dans la prairie, un jour, est peut-être là-haut, au-dessus de nous. Je sens presque le goût des bonbons qu'il nous avait donnés, pendant que je regarde les avions, tout là-haut. Je les perds de vue dans le soleil, puis le plus petit descend en vrille vers le sol, et nos acclamations s'interrompent aussitôt.

Au cantonnement, on nous donne nos premières lettres. Charlie et moi, allongés sous notre tente, nous les lisons et relisons encore, jusqu'à les connaître presque par cœur. Nous avons reçu tous les deux des lettres de Mère et de Molly, et Big Joe a mis sa marque à la fin de chacune d'elles, l'empreinte à l'encre de son pouce étalée sur le papier, avec « Joe » écrit en gros à côté, à l'aide d'un crayon sur lequel il a lourdement appuyé. Cela nous fait sourire. Je l'imagine en train de s'appliquer, le nez sur le papier, la langue entre les dents. Mère écrit que la plupart des bâtiments de la Grande Demeure sont peu à peu transformés en hôpital pour les officiers, et que la Femme Loup fait plus que jamais la loi. Molly dit que la Femme Loup a troqué son vieux bonnet noir contre une grande plume d'autruche blanche piquée sur un chapeau en paille à larges bords, et qu'elle sourit tout le temps de son air de « pimbêche ». Molly écrit aussi que je lui manque, et qu'elle va bien, même si elle a parfois des nausées. Elle espère que la guerre finira vite et que nous pourrons nous retrouver tous ensemble. Je ne peux pas lire le reste, ni son nom, masqués par le doigt de Joe.

On a le droit de sortir du camp pour un soir et nous nous rendons au village le plus proche, Poperinghe, que tout le monde appelle « Pop ». Le capitaine Wilkes nous dit qu'il y a un estaminet, une sorte de pub, où l'on peut boire la meilleure bière en dehors de l'Angleterre, et manger les meilleurs œufs, les meilleures frites du monde entier. Il a raison. Pete, Nipper, le petit Les, Charlie et moi, nous nous empiffrons d'œufs, de frites, de bière. Nous sommes comme des chameaux qui font le plein dans une oasis découverte par hasard et qu'ils risqueraient de ne plus jamais retrouver.

Il y a une fille dans le restaurant qui me sourit quand elle enlève les assiettes. C'est la fille du patron, un homme très bien habillé, tout rond, l'air enjoué, un peu comme un père Noël sans barbe. J'ai peine à croire que c'est sa fille, tellement elle est différente de lui : elle ressemble à un merveilleux petit elfe, très délicat. Nipper remarque qu'elle me sourit et sort aussitôt une blague grossière. Elle comprend et s'en va. Mais je n'oublie pas son sourire, ni les œufs, les frites et la bière. Nous buvons à la santé du Colonel et de la Femme Loup, Charlie et moi, et nous buvons encore, en leur souhaitant toute la malchance, tous les malheurs du monde, ainsi que les petits enfants monstrueux qu'ils méritent, puis nous revenons au camp en titubant. C'est la première fois de ma vie que je suis vraiment ivre, je me sens très fier de moi, jusqu'à ce que je m'allonge, que ma tête tourne à toute vitesse, menaçant de m'entraîner dans des gouffres obscurs, dont j'ai une peur bleue. Je lutte pour reprendre mes esprits, pour me représenter la fille de l'estaminet de Pop. Mais plus je pense à elle, plus je vois Molly.

L'artillerie lourde me ramène à la réalité. Nous rampons hors de notre tente, dans la nuit. Le ciel est éclairé tout le long de l'horizon. Ils doivent déguster, ceux qui sont là-dessous, qu'ils soient avec ou contre nous.

— C'est Ypres, dit le capitaine, à côté de moi dans le noir.

— Pauvres gars ! dit quelqu'un d'autre. Content de pas être là-bas ce soir.

Nous regagnons nos tentes, blottis sous nos couvertures et nous remercions Dieu de ne pas être à leur place, mais nous savons tous que notre tour va venir, et bientôt.

Le lendemain soir nous montons au front. On n'entend plus les canons, mais le crépitement des fusils et des mitrailleuses un peu plus loin devant nous, tandis que des fusées éclairantes illuminent l'obscurité par intermittence. Nous savons que nous sommes tout près, maintenant. On dirait que la route nous emmène dans la terre même, pour ne plus devenir qu'un tunnel recouvert d'un toit, un boyau de communication. Il faut avancer en silence, à présent. Pas un murmure, pas un mot. Si les mitrailleurs ou les artilleurs allemands nous découvrent, ce qui n'est pas impossible par endroits, nous sommes cuits. Nous étouffons donc nos malédictions tandis que nous dérapons et glissons dans la boue, en nous tenant les uns aux autres pour ne pas tomber. Nous croisons une file de soldats moroses, épuisés, les yeux sombres, qui viennent dans l'autre sens. Inutile de leur poser des questions. Inutile d'entendre leurs réponses. Leur regard hanté, traqué, nous dit tout.

Nous trouvons enfin notre tranchée-abri. Nous n'aspirons plus qu'à dormir. Nous avons marché longtemps dans le froid. Une tasse de thé chaud sucré, et pouvoir nous coucher, c'est tout ce que nous demandons. Mais je dois monter la garde avec Charlie. Pour la première fois, je regarde à travers les fils barbelés le no man's land qui nous sépare des tranchées ennemies, à moins de deux cents mètres de nos lignes, nous dit-on, mais je ne peux pas les voir, je ne distingue que les fils de fer. La nuit est calme, pour le moment. Une mitrailleuse bégaie et je me baisse aussitôt. Je n'aurais pas dû m'inquiéter. C'est l'un des nôtres. La peur m'envahit, me paralyse, et m'empêche un instant de sentir mes pieds mouillés et mes mains gelées. Charlie est là, à côté de moi.

– Belle nuit pour braconner, Tommo, me chuchote-t-il.

Je vois son sourire dans l'obscurité et ma peur disparaît d'un seul coup.

C'est calme, comme l'avait dit le capitaine. Tous les jours, je m'attends à ce que les Allemands nous bombardent d'obus, mais il ne se passe rien. On dirait qu'ils sont trop occupés à bombarder Ypres, un peu plus loin sur le front, pour s'occuper de nous, et je ne peux pas dire que ça me désole. Chaque fois que je regarde dans le périscope, je m'attends à voir les hordes grises déferler sur nous à travers le no man's land, mais personne ne vient. Je suis presque déçu. Nous entendons parfois des tirs isolés, et nous n'avons pas le droit de fumer la nuit « à moins que vous vouliez qu'on vous tire en pleine tête », dit le capitaine. De temps en temps, notre artillerie lance un obus ou deux dans leurs tranchées, et de leur côté, ils font la même chose. Chaque fois, que ce soient les nôtres ou les leurs, je me laisse surprendre et je suis terrorisé, comme nous le sommes tous, mais peu à peu, on s'y habitue et on y fait moins attention.

Notre tranchée et notre abri ont été laissés dans un état épouvantable par leurs occupants précédents, une compagnie de Seaforths d'Écosse. C'est pourquoi, quand nous ne sommes pas en état d'alerte à l'aube, que nous ne faisons pas de thé ou que nous ne dormons pas, nous devons remettre de l'ordre. Le capitaine Wilkes – ou « Wilkie » comme nous l'appelons désormais – est scrupuleux en ce qui concerne le soin et la propreté. « À cause des rats », dit-il. Nous nous apercevons très rapidement qu'encore une fois, il a raison. C'est moi qui tombe dessus le premier. J'ai été désigné pour commencer à étayer un mur délabré de la tranchée. J'enfonce ma pelle dans le mur et découvre un repaire de rats, qui sortent et déferlent sur mes bottes. Je recule un instant, horrifié, puis j'essaie de les écraser dans la boue. Je n'en tue pas un seul, et à partir de là, on en voit partout. Heureusement, nous avons le petit Les, notre chasseur de rats professionnel, qu'on appelle chaque fois qu'on en voit un, à n'importe quelle heure du jour ou de la nuit, et qui ne s'en plaint jamais. Il plaisante en disant que ça lui donne l'impression d'être chez lui. Il connaît les habitudes des rats, et les tue toujours avec zèle, puis il jette leurs cadavres dans le no man's land avec un geste de triomphe. Au bout d'un certain temps, les rats semblent s'apercevoir qu'ils ont trouvé en lui un adversaire de taille, et ils nous laissent tranquilles.

Mais, il y a un autre fléau quotidien auquel nous sommes tous confrontés : la vermine. Chacun de nous doit brûler ses propres parasites avec le bout d'une cigarette allumée. Ils se logent partout, dans les plis de la peau, dans les plis de nos vêtements. Nous rêvons d'un bain où les noyer, mais surtout nous rêvons d'être de nouveau au sec et au chaud.

La plus grande calamité pour nous, ce ne sont ni les rats ni les poux, mais la pluie qui tombe sans cesse et nous mouille, qui coule comme un ruisseau au fond de notre tranchée, la transformant en un fossé boueux, une fange puante et gluante qui semble vouloir nous retenir, nous engloutir et nous noyer. Je n'ai pas eu les pieds secs une seule fois depuis que je suis arrivé ici. Je me couche mouillé. Je me réveille mouillé, et le froid humide traverse mes vêtements pour s'infiltrer dans mes os douloureux. Seul le sommeil m'apporte un peu de répit, le sommeil et la nourriture. Mon Dieu, comme nous désirons l'un et l'autre ! Wilkie passe entre nous à l'aube, sur la banquette de tir avec une parole par-ci, un sourire par-là. Il nous donne le courage de tenir, il nous maintient en forme. S'il a peur, il ne le montre jamais, et si c'est ça le courage, il faut croire que c'est contagieux.

Nous ne pourrions pas nous passer de Charlie non plus. C'est lui qui nous rassemble, qui calme nos disputes (qui sont nombreuses et fréquentes maintenant que nous sommes enfermés tous ensemble) et qui nous remonte le moral lorsque nous sommes découragés. Ils le considèrent tous comme leur grand frère. Après le sergent Hanley, la punition qui lui a été infligée et la façon dont Charlie a réussi à sourire à ce moment-là, il n'y a pas un homme dans la compagnie qui n'ait d'admiration pour lui. Étant son vrai frère, j'aurais pu avoir l'impression de vivre dans son ombre, mais je n'ai jamais ressenti les choses ainsi, ni autrefois, ni maintenant. Je vis dans la lumière qu'il répand autour de lui.

Nous passons encore quelques jours pénibles au front, rêvant tous du confort du campement. Mais quand nous y arrivons, on ne nous laisse pas un instant de repos. Il faut nettoyer notre barda, marcher au pas, nous soumettre sans arrêt à des inspections, nous entraîner à porter notre masque à gaz, et puis creuser sans cesse d'autres fossés et canalisations pour que puisse s'écouler la pluie qui tombe continuellement. Mais au moins, nous recevons du courrier de la maison, de Molly et de Mère. Elles nous ont tricoté des écharpes en laine, des gants et des chaussettes à tous les deux. Il y a des bains communs dans des cuves fumantes installées dans une grange, un peu plus loin sur la route, et surtout, des œufs, des frites et de la bière à l'estaminet de Pop. La belle fille aux yeux de biche est là, mais elle ne me remarque pas toujours, et quand elle ne fait pas attention à moi, je bois encore plus, pour noyer mon chagrin.

Aux premières neiges de l'hiver nous nous retrouvons dans les tranchées. Les flocons gèlent en tombant, et durcissent la boue, ce qui est une vraie bénédiction. Comme il n'y a pas de vent, nous n'avons pas plus froid qu'avant et nous pouvons au moins garder nos pieds au sec. Les canons sont restés relativement silencieux dans notre secteur et nous n'avons pas eu trop de pertes jusque-là : un blessé par un tireur embusqué, deux hommes à l'hôpital avec une pneumonie, un soldat atteint de graves engelures chroniques, qu'on appelle « pied des tranchées » – et qui nous affectent tous. Par rapport à ce que nous entendons dire et à ce que nous lisons, on ne pourrait pas être dans un meilleur secteur.

Wilkie dit que le quartier général a donné l'ordre d'envoyer des patrouilles pour déterminer quels régiments nous font face de l'autre côté du front et avec quels effectifs. Nous ne comprenons pas pourquoi on nous demande ça. Il y a des avions d'observation qui le font presque tous les jours. Pratiquement toutes les nuits, désormais, quatre ou cinq d'entre nous sont choisis pour former une patrouille qui sort dans le no man's land afin de découvrir ce qu'elle peut. Le plus souvent, elle ne trouve rien. Personne n'aime y aller, bien sûr, mais personne n'a été blessé jusqu'à présent, et on a droit à une double ration de rhum avant de partir, ce qui nous fait envie à tous.

Mon tour vient bientôt, comme je pouvais m'y attendre. Je ne suis pas particulièrement inquiet. Charlie vient avec moi, ainsi que Nipper Martin, le petit Les et Pete – toute l'équipe du jeu de quilles, comme dit Charlie. Wilkie guide la patrouille, à notre grande satisfaction. Il dit que nous devons réussir là où les autres patrouilles ont échoué. Il faut ramener un prisonnier pour l'interroger. On nous donne à chacun une double ration de rhum, ce qui me réchauffe aussitôt des orteils à la racine des cheveux.

– Reste près de moi, Tommo, me murmure Charlie, tandis que nous nous élançons hors de la tranchée, et que nous rampons à travers les fils de fer.

Nous avançons à plat ventre. Nous glissons dans un trou d'obus et restons terrés là un moment en silence, au cas où nous aurions fait trop de bruit. Nous entendons les Boches parler, à présent, et rire, le son d'un gramophone aussi – j'ai déjà entendu tout cela avant, quand j'étais de faction, mais de loin. Maintenant nous sommes près, très près, et je devrais avoir une peur bleue. Or, curieusement, je suis plus excité qu'effrayé. C'est peut-être à cause du rhum. J'ai l'impression d'être à la campagne, en train de braconner. Je suis tendu, prêt à affronter le danger, mais je n'ai pas peur.

Nous mettons une éternité à traverser le no man's

land. Je commence à me demander si nous trouverons jamais leurs lignes. Puis nous voyons leurs fils de fer juste devant nous. Nous nous faufilons à travers une brèche, et sans avoir été repérés, nous nous laissons tomber dans leur tranchée. On dirait qu'elle a été abandonnée, mais nous savons que c'est impossible. Nous entendons toujours des voix et de la musique. Je remarque que leur tranchée est beaucoup plus profonde que la nôtre, plus large aussi et mieux construite. Je serre mon fusil plus fort et je suis Charlie, courbé en deux comme les autres. Malgré nos efforts, nous faisons trop de bruit. Il est vraiment surprenant qu'on ne nous entende pas. Où sont leurs sentinelles, bon Dieu? Devant nous, je vois Wilkie nous faire signe d'avancer avec son revolver. Un peu de lumière tremblotante nous arrive d'un abri, un peu plus loin, d'où viennent les voix et la musique. D'après le bruit qu'ils font, il doit y avoir au moins une demi-douzaine de soldats. Nous n'avons besoin que d'un seul prisonnier. Comment faire avec une demi-douzaine d'hommes?

À ce moment, la lumière inonde la tranchée, tandis que s'ouvre le rideau de l'abri. Un soldat en sort en passant son manteau sur ses épaules, puis le rideau retombe derrière lui. Il est seul, c'est exactement ce que nous cherchons. Au début, il ne semble pas nous voir. Puis il nous aperçoit. Pendant une fraction de seconde, le Boche ne fait rien, et nous non plus. Nous nous regardons, c'est tout. Il aurait si facilement pu faire ce qu'il fallait, c'est-à-dire lever les mains et nous suivre ! Au lieu de ça, il pousse un hurlement, se retourne et court se jeter derrière le rideau de l'abri. Je ne sais pas qui lui lance une grenade, mais le souffle de l'explosion me plaque contre la paroi de la tranchée. Je suis assis là, sonné. J'entends des cris et des coups de feu à l'intérieur de l'abri, puis le silence. La musique s'est arrêtée.

Lorsque j'arrive là-bas, le petit Les est allongé sur le côté, une balle dans la tête. Ses yeux me regardent fixement. Il a l'air si étonné ! Plusieurs Allemands sont étendus sur le sol de leur abri, tous immobiles, tous morts – sauf un. Il est là, nu, éclaboussé de sang, tremblant. Il a les mains en l'air et il gémit. Wilkie jette un manteau sur lui, et Pete le pousse hors de l'abri. Nous avons hâte de rentrer maintenant, et nous sortons à tâtons de la tranchée, tandis que le Boche continue à gémir. Il est complètement terrorisé. Pete lui crie de se taire, mais il obtient l'effet inverse. Nous suivons le capitaine à travers les fils de fer allemands, puis nous nous mettons à courir.

Pendant un moment, je crois qu'on va s'en sortir comme ça, mais une fusée éclairante se lève et nous sommes surpris comme en plein jour. Je me recroqueville par terre et cache ma tête sous la neige. Leurs fusées durent beaucoup plus longtemps que les nôtres, et éclairent beaucoup mieux. Je sais ce qui nous attend. Je m'aplatis sur le sol, les yeux fermés. Je prie et je pense à Molly. Si je meurs, je veux que ma dernière pensée soit pour elle. Mais elle est chassée par une autre image. Je suis en train de demander pardon à mon père pour ce que j'ai fait, je lui dis que je ne voulais pas que ça arrive. Une mitrailleuse ouvre le feu derrière nous et tire en rafale. Ne pouvant nous cacher nulle part, nous faisons les morts. Nous attendons que la lumière s'éteigne et que la nuit soit de nouveau noire. Wilkie nous fait signe de nous lever, et nous courons, nous trébuchons, jusqu'à ce que de nouvelles fusées s'élèvent et que la mitraille recommence. Nous plongeons dans un cratère d'obus, crevons la glace et roulons au fond, dans l'eau froide. Ensuite, ce sont les obus qui partent. On dirait qu'on a réveillé toute l'armée allemande. Je me recroqueville dans l'eau puante avec Charlie et l'Allemand, tous les trois agrippés les uns aux autres, chacun blottissant sa tête contre celle de l'autre, tandis que les obus tombent autour de nous. Nos canons répondent, à présent, mais ils ne nous apportent que peu de réconfort. Avec l'aide de Charlie, je sors le prisonnier allemand de l'eau. Soit il parle tout seul, soit il est en train de prier, c'est difficile à dire.

C'est alors que nous voyons Wilkie, étendu plus haut sur la pente, trop près du bord du cratère. Charlie l'appelle, mais il ne répond pas. Charlie s'approche de lui et le retourne. J'entends le capitaine murmurer :

– C'est ma jambe.

Il est trop exposé, là-haut, aussi Charlie le descend-il vers nous, le plus doucement possible. Nous essayons de l'installer du mieux que nous pouvons. Le Boche continue de prier à haute voix. Je suis presque sûr qu'il prie, maintenant. J'entends « Du lieber Gott ». « Gott » en allemand, « God » en anglais, c'est presque la même façon de dire Dieu. Pete et Nipper, qui sont à l'autre bout du cratère, rampent vers nous. Nous sommes enfin tous ensemble. Le sol tremble, à chaque impact nous sommes bombardés par des avalanches de boue, de pierres et de neige. Mais le bruit que je déteste et que je redoute le plus, ce n'est pas celui de l'explosion – car lorsqu'on l'entend, c'est fini, on est mort ou pas. Non, c'est le sifflement, le gémissement et le hurlement des obus, quand ils partent. C'est le fait de ne pas savoir où ils vont atterrir, et si celui-là n'est pas pour moi.

Puis, aussi soudainement qu'il a commencé, le tir de barrage s'arrête. L'obscurité nous cache de nouveau. De la fumée s'amoncelle au-dessus de nous et en bas, dans notre trou, emplissant nos narines de la puanteur de la cordite. Nous étouffons notre toux. Le Boche a arrêté de prier, il est couché, recroquevillé dans sa capote, les mains sur les oreilles. Il se balance doucement comme un enfant, comme Big Joe.

– Je n'y arriverai pas, dit Wilkie à Charlie. Je vous charge de les ramener tous, Peaceful, et le prisonnier avec. Allez-y maintenant.

156

– Non, capitaine, répond Charlie. Si nous partons, nous partons tous. Pas vrai, les gars ?

Et c'est ce qui s'est passé. Protégés par une brume matinale, nous avons réussi à regagner notre tranchée, Charlie portant Wilkie sur son dos pendant tout le trajet, jusqu'à ce que les brancardiers viennent le prendre. Lorsqu'ils l'ont mis sur la civière, Wilkie a pris la main de Charlie dans la sienne et l'a gardée un moment.

– Venez me voir à l'hôpital, Peaceful, lui a-t-il dit. C'est un ordre.

Et Charlie a promis qu'il irait.

Nous avons bu du thé avec notre prisonnier dans la tranchée-abri avant qu'on vienne le chercher. Il a fumé une cigarette que Pete lui a donnée. Il ne tremblait plus, mais la peur n'avait pas quitté ses yeux. Nous n'avions rien trouvé à nous dire jusqu'à ce qu'il se lève et suive les soldats venus le prendre.

– *Danke*, a-t-il murmuré, *Danke sehr*.

– C'est drôle quand même, a dit Nipper quand il est parti. Le voir debout là-bas dans sa tranchée, avec rien sur lui… ça donne à réfléchir. Si on enlève les uniformes, on peut difficilement faire la différence entre eux et nous, pas vrai ? C'était pas un sale type pour un Boche.

Cette nuit-là, je n'ai pas pensé, comme j'aurais dû, au petit Les gisant là-bas dans la tranchée allemande, avec un trou dans la tête. Je pensais au prisonnier boche que nous avions ramené. Je ne connaissais même pas son nom, et pourtant, après cette nuit que j'avais passée, réfugié dans un cratère d'obus avec lui, j'avais l'impression de le connaître mieux que j'avais jamais pu connaître le petit Les.

Nous sommes enfin revenus au camp, la plupart d'entre nous, en tout cas. Nous trouvons rapidement dans quel hôpital est Wilkie, et nous allons le voir, comme l'a promis Charlie. L'hôpital est un grand château, avec des ambulances qui vont et viennent, et des infirmières impeccables qui s'affairent de toutes parts.

– Qui êtes-vous ? demande le planton à la réception.

– Peaceful, dit Charlie en souriant.

En ces temps de guerre, il adore jouer avec son nom.

– Nous sommes deux Peaceful.

Ça n'a pas l'air d'amuser le planton, mais il semble nous attendre.

– Lequel de vous deux est Charlie Peaceful ?

– Moi, dit Charlie.

– Le capitaine Wilkes a dit que vous viendriez.

Le planton cherche quelque chose dans le tiroir du bureau. Il en sort une montre.

– Il a laissé ça pour vous, dit-il, et Charlie prend la montre.

– Où est-il ? demande-t-il. On ne peut pas le voir ?

– Il est reparti pour l'Angleterre hier. En mauvais état. Nous ne pouvions plus rien faire pour lui ici, j'en ai peur.

Tandis que nous descendons les marches de l'hôpital, Charlie attache la montre à son poignet.

– Est-ce qu'elle marche ?

– Bien sûr, me répond-il. Il me la fait voir à son poignet. Qu'est-ce que tu en penses ?

– Elle est bien.

– Elle n'est pas seulement bien, Tommo, dit Charlie. Elle est merveilleuse, voilà ce qu'elle est. Absolument merveilleuse. Écoute-moi bien : si jamais il m'arrive quelque chose, elle est à toi, d'accord ?

Trois heures vingt-cinq

La souris est revenue. Elle s'arrête, court, s'arrête de nouveau, et lève les yeux vers moi. Elle se demande si elle devrait s'enfuir, si je suis un ami ou un ennemi. *Wee, sleekit, caw'rin tim'rous beastie.* « Petite bête soyeuse, craintive et tremblante. » Je ne sais pas un mot d'écossais, mais je me souviens encore de ce poème, *Pour une souris.* Quand j'étais à l'école, Miss McAllister nous demandait de nous lever et de le réciter le jour de la fête écossaise – le Burns' Day – à la gloire du poète Robert Burns. Elle disait que c'était bon pour nous d'avoir au moins un grand poème écossais gravé à jamais dans nos mémoires. La petite bête que je vois en ce moment est craintive, c'est vrai, mais elle n'est pas écossaise, c'est une souris belge. Je lui récite quand même la poésie. On dirait qu'elle comprend, car elle écoute poliment. Je récite avec l'accent écossais de Miss McAllister. Ma prononciation est presque parfaite. Je pense que Miss McAllister serait fière de moi.

Mais la souris s'en va dès que j'ai fini, et je reste seul, encore une fois.

Ils sont venus me demander si je voulais que quelqu'un reste avec moi pendant la nuit, et j'ai dit non. J'ai même renvoyé l'aumônier. Ils m'ont demandé si je désirais quelque chose, s'ils pouvaient m'aider en quoi que ce soit, et j'ai dit que je n'avais besoin de rien. Maintenant j'aimerais qu'ils soient tous là, l'aumônier aussi. Nous aurions pu chanter en chœur. Ils m'auraient apporté des œufs et des frites.

Nous aurions pu nous soûler à mort et je serais abruti par l'alcool, à présent. Mais pour toute compagnie, j'ai une souris, une souris belge qui disparaît.

Lorsque nous avons été renvoyés au front, ce n'était plus dans notre secteur « calme », mais sur le saillant d'Ypres même. Depuis des mois, les Boches pilonnaient Ypres, essayant à tout prix de la soumettre. Plusieurs fois, ils avaient failli entrer dans la ville, et n'avaient été repoussés qu'au dernier moment. Mais le saillant qui entourait la ville voyait sans cesse se resserrer l'étreinte de l'ennemi.

D'après ce qu'on avait entendu dire à l'estaminet de Pop, et d'après les bombardements continuels à quelques kilomètres à l'est de là où nous nous trouvions, la situation devait y être terrible. Tout le monde savait que les Allemands nous encerclaient, nous surveillant sur trois côtés, ce qui leur permettait de balancer tout ce qu'ils voulaient dans nos tranchées. Il n'y avait pas grand-chose à faire, sinon attendre et espérer.

Le nouveau commandant de notre compagnie, le lieutenant Buckland, nous a expliqué que si nous abandonnions, Ypres serait perdue. Il ne nous a pas dit pourquoi nous ne devions pas perdre Ypres, mais ce n'était pas Wilkie. Nous étions tous profondément affectés par l'absence de Wilkie. Sans lui, nous étions comme un troupeau sans berger. Le lieutenant Buckland faisait de son mieux, mais il venait directement d'Angleterre. Et il avait beau parler un langage châtié, il en savait encore moins que nous sur la guerre et les combats. Nipper disait que ce n'était qu'un jeune freluquet, et qu'il ferait mieux de retourner à l'école. C'est vrai qu'il semblait plus jeune que nous, et même que moi.

Tandis que nous traversions Ypres, ce soir-là, je me demandais pourquoi il fallait nous battre. Aussi loin que je pouvais voir, il n'y avait pas de ville debout, en tout cas rien qui ressemblât à une ville. Des décombres et des ruines, rien d'autre, avec plus de chats et de chiens que d'habitants. Nous avons vu deux chevaux gisant sur le sol, morts, et mutilés au milieu de la rue, alors que nous passions devant ce qui restait de l'hôtel de ville. Partout, des soldats en mouvement, des canons, des ambulances, qui se déplaçaient à toute allure. Les obus ne tombaient pas sur la ville pendant que nous la traversions, mais jamais je n'avais été aussi terrifié. Je ne pouvais pas me sortir de la tête ces chevaux avec leurs horribles blessures. Leur image me hantait, comme elle nous hantait tous, je crois.

Aucun de nous ne chantait. Ni ne parlait. Je n'avais qu'une envie, arriver dans le sanctuaire de nos nouvelles tranchées, ramper dans l'abri le plus profond que je puisse trouver et m'y terrer.

Mais quand nous sommes arrivés aux tranchées, une amère déception nous attendait. Wilkie aurait été épouvanté par leur état. Ce n'étaient que de petits fossés peu profonds et délabrés, qui ne nous garantissaient qu'une piètre protection, et où la boue était encore plus épaisse qu'ailleurs. Une puanteur écœurante s'en dégageait, qui n'était pas seulement celle de la boue et de l'eau stagnante. Je savais très bien ce que c'était, nous le savions tous, mais personne n'osait en parler.

Nous avons reçu l'ordre de garder la tête baissée, car on pouvait facilement nous tirer dessus. L'abri, cependant, nous réservait une consolation. C'était le meilleur que nous ayons jamais eu, profond, chaud et sec. Pourtant, je n'ai pas pu dormir. Je suis resté allongé là toute la nuit, comprenant ce que devait ressentir un renard traqué, tapi dans sa tanière pendant que la meute l'attendait à la sortie.

Le lendemain matin, je suis en état d'alerte, enfermé dans mon masque à gaz dans un monde à part, où je m'entends respirer. La brume se lève au-dessus du no man's land. En face de moi, je vois un terrain vague dévasté. Aucun vestige de champs, d'arbres, pas un brin d'herbe, mais uniquement une terre de boue et de cratères. Je vois des bosses bizarres un peu partout au-delà de nos fils de fer. Ce sont des morts qui n'ont pas encore été enterrés, certains portent l'uniforme vert-de-gris, d'autres sont en kaki. L'un d'eux gît dans les barbelés, le bras tendu vers le ciel, sa main montrant quelque chose. C'est, ou plutôt c'était, l'un des nôtres. Je lève les yeux vers l'endroit que sa main désigne. Et je vois des oiseaux là-haut, qui chantent. Un merle aux yeux brillants offre son chant au monde du haut du fil de fer où il est perché. Il n'y a pas d'arbres où chanter.

Notre freluquet de lieutenant lance :

– Ouvrez l'œil, les gars. Soyez vigilants !

C'est toujours la même chose avec lui, il nous dit de faire ce qu'on est déjà en train de faire. Mais rien ne bouge dans le no man's land, à part quelques corbeaux. C'est un no man's land mort.

Après l'état d'alerte, nous redescendons dans l'abri, et nous sommes en train de nous faire du thé, quand le bombardement commence. Il dure deux jours sans interruption. Ce sont les jours les plus longs de ma vie. Je me tapis là, comme les autres, chacun de nous enfermé dans sa propre misère. Nous ne pouvons pas parler à cause du bruit assourdissant.

On ne peut presque pas dormir. Quand je m'assoupis, je vois la main qui pointe vers le ciel, c'est la main de Père, et je me réveille en tremblant. Nipper Martin est pris de tremblements, lui aussi. Pete tente de le calmer, mais en vain. Parfois je pleure comme un enfant, et même Charlie ne parvient pas à me réconforter. Tout ce que nous demandons, c'est que ça s'arrête, que la terre cesse de trembler, que le silence revienne. Je sais que quand ce sera fini, ils viendront nous chercher, qu'il faudra être prêts à les recevoir, qu'ils nous enverront peut-être du gaz, qu'ils viendront avec leurs lance-flammes, des grenades ou des baïonnettes. Mais ça m'est égal. Qu'ils viennent ! Je veux seulement que ça s'arrête. Que ce soit fini.

Quand les bombardements cessent enfin, on nous ordonne de monter au créneau, avec nos masques à gaz, nos baïonnettes au canon. À travers la fumée, nos yeux s'efforcent de distinguer ce que nous avons en face. Puis, nous les voyons venir, avec leurs baïonnettes étincelantes, un homme ou deux tout d'abord, puis des centaines, des milliers. Charlie est là, à côté de moi.

– Ça va aller, Tommo, dit-il. Tu t'en sortiras très bien.

Il sait ce que je pense. Il voit ma terreur. Il sait que je veux m'enfuir.

– Fais simplement ce que je fais, d'accord ? Et reste à côté de moi.

Si je reste, si je ne m'enfuis pas, c'est uniquement grâce à Charlie. Les Allemands ouvrent le feu tout le long de la ligne, mitrailleuses, fusils, obus, et je tire, moi aussi. Je ne vise pas, je tire simplement, et je tire, je charge mon arme et je tire encore. Mais ils ne s'arrêtent pas. Pendant quelques instants, on a l'impression que les balles ne les touchent pas. Ils avancent vers nous, indemnes, comme une armée d'invincibles fantômes gris. Ce n'est qu'en les voyant peu à peu se tordre, hurler et tomber que je commence à croire qu'ils sont mortels. Ils ne manquent pas de courage. Ils ne faiblissent pas. Peu importe le nombre de ceux qui sont fauchés, ceux qui restent continuent d'avancer. Je vois leurs yeux sauvages tandis qu'ils atteignent nos barbelés. Ce sont les fils de fer qui les arrêtent. Ils n'ont pas été complètement détruits par le bombardement. Seuls quelques soldats ennemis trouvent des brèches, et ils sont abattus avant d'atteindre nos tranchées. Ceux qui restent debout, et qui ne sont plus très nombreux, à présent, ont fait demi-tour et titubent vers leurs lignes, certains d'entre eux jettent même leur fusil. Je sens un sentiment de triomphe m'envahir, non pas à cause de la victoire, mais parce que je suis resté avec les autres. Je ne me suis pas enfui.

« Tu n'es pas un lâche, hein ? Tu n'es pas un lâche ? »

Non, vieille femme, non. Je ne suis pas un lâche.

Puis au coup de sifflet, je suis les autres. Nous passons par une brèche dans les barbelés. Il y a tellement d'Allemands allongés sur le sol, qu'on a du mal à ne pas marcher dessus. Je ne ressens pas de pitié pour eux, ni de haine non plus. Ils sont venus nous tuer, et c'est nous qui les avons tués. Je lève les yeux. Leurs soldats s'enfuient, tandis que nous avançons. Nous faisons feu à volonté, maintenant, en les visant un par un. Nous avons traversé le no man's land sans même nous en apercevoir. Nous nous frayons un chemin à travers leurs fils de fer, et nous nous glissons dans les tranchées de leur première ligne. Je suis un chasseur qui cherche sa proie, une proie que je vais tuer, mais ma proie a disparu. La tranchée est abandonnée.

Le lieutenant Buckland, qui est sur le parapet, au-dessus de nous, nous crie de le suivre, que nous les avons forcés à se retirer. Je le suis. Nous le suivons tous. Il n'est pas si écervelé qu'on le croyait, après tout. Partout où je regarde, à droite, à gauche, à perte de vue, notre armée avance et j'en fais partie, soudain, je me sens exalté. Mais en face de nous, l'ennemi semble s'être évanoui. Je ne sais plus quoi faire. Je cherche Charlie des yeux, mais je ne le vois nulle part. C'est à ce moment que le premier obus siffle. Je me jette à terre, m'aplatis dans la boue, tandis qu'il explose juste derrière moi, me rendant aussitôt complètement sourd.

Au bout d'un moment, je me force à lever la tête et à regarder. Devant moi, je vois que les nôtres progressent toujours, et en face de nous l'éclair des fusillades, les flammes crachotantes des mitrailleuses.

Pendant un instant, je me crois mort. Tout est silencieux, irréel. Un orage muet d'obus fait rage autour de moi. Devant mes yeux, nous sommes fauchés par le feu, désintégrés, anéantis. Je vois des hommes crier, mais je n'entends rien. C'est comme si je n'étais pas là, comme si cette horreur ne pouvait m'atteindre.

Ils reculent vers moi, à présent. Je ne vois pas Charlie parmi eux. Le lieutenant m'attrape et me relève. Il me crie quelque chose, puis il me fait faire demi-tour, me pousse vers nos tranchées. J'essaie de courir avec les autres, de ne pas me laisser distancer. Mais j'ai des jambes de plomb, qui ne veulent pas courir. Le lieutenant reste avec moi, me presse d'avancer, nous presse tous. C'est un brave homme. Il est juste là, à côté de moi, quand il est touché. Il tombe à genoux et meurt en me regardant. Je vois la lumière s'éteindre dans ses yeux. Il s'écroule, la tête en avant. Je ne sais pas comment j'arrive à rentrer à la tranchée après ça, mais j'y arrive. Je me retrouve recroquevillé dans un coin de l'abri, un abri à moitié vide. Charlie n'est pas là. Il n'est pas revenu.

Enfin, je recommence à entendre, même si je perçois surtout le bourdonnement que j'ai dans la tête. Pete a des nouvelles de Charlie. Il dit qu'il est sûr de l'avoir vu revenir des tranchées allemandes, en boitant, et en s'appuyant sur son fusil comme sur une canne, mais qu'il allait bien. Cela me donne un fragile espoir, mais cet espoir s'amenuise au fur et à mesure que les heures passent. Étendu là, je revois toutes ces horreurs en détail. Je revois le regard hébété du lieutenant qui tombe à genoux en essayant de me dire quelque chose. Je revois un millier de hurlements silencieux. Pour chasser ces visions, je me raconte toutes sortes d'histoires rassurantes à propos de Charlie : il s'est peut-être abrité dans un cratère d'obus, il attend que les nuages masquent la lune pour en sortir, puis ramper jusqu'à la tranchée. Il s'est perdu, a atterri un peu plus loin sur le front, dans un autre régiment, il attend le matin pour venir nous retrouver – cela se produit souvent. Les pensées qui se bousculent dans ma tête m'empêchent de me reposer. Il n'y a pas d'obus pour les interrompre.

Dehors, le monde est retombé dans le silence. Les deux armées gisent, épuisées, dans leurs tranchées, saignées à mort.

Au rassemblement, le lendemain matin, j'étais sûr que Charlie ne reviendrait plus, que toutes les histoires que je m'étais racontées n'étaient rien que des histoires. Pete, Nipper et les autres avaient essayé de me convaincre qu'il pouvait être encore en vie. Mais je savais que ce n'était pas vrai. Je n'étais pas triste. J'étais hébété, aussi vide de sentiment que les mains qui serraient mon fusil. Je regardais vers le no man's land, là où Charlie était mort. Les hommes gisaient contre les barbelés comme s'ils avaient été entassés par le vent, et Charlie, je le savais, était l'un d'eux.

Je me demandais ce que j'allais écrire à Molly et à Mère. J'entendais la voix de Mère dans ma tête, je l'entendais expliquer à Big Joe que Charlie ne reviendrait pas, qu'il était allé au paradis rejoindre Père et Bertha. Big Joe serait triste. Il se balancerait d'avant en arrière. Il fredonnerait tristement *Oranges et Citrons*, perché dans son arbre.

Mais au bout de quelques jours, la foi le réconforterait. Il croirait absolument que Charlie était là-haut, dans le bleu du paradis, quelque part au-dessus du clocher de l'église. Je l'enviais. Je ne pouvais même plus me tromper moi-même en feignant de croire en un Dieu miséricordieux, ni au paradis, plus maintenant, pas après avoir vu ce que les hommes peuvent faire à d'autres hommes. Je ne pouvais plus croire qu'à l'enfer dans lequel je vivais, à l'enfer sur la terre, un enfer créé par l'homme et non par Dieu.

Ce soir-là, comme un somnambule, je me suis levé pour prendre mon tour de garde. Le ciel était rempli d'étoiles. Molly connaissait bien les étoiles – le Grand Chariot, la Voie lactée, l'Étoile polaire –, elle avait souvent essayé de me les apprendre lorsque nous allions braconner. J'ai tenté de me les rappeler, de les identifier parmi des millions d'autres, mais en vain. Tandis que je regardais, émerveillé, l'immensité et la beauté du ciel, je me suis aperçu que de nouveau je croyais presque au paradis. J'ai choisi une étoile brillante à l'ouest pour représenter Charlie, et une autre à côté de lui. Celle-là, c'était mon père.

Elles étaient ensemble et me regardaient de là-haut. J'aurais voulu avoir dit à Charlie comment Père était mort, pour qu'il n'y ait plus de secrets entre nous. Je n'aurais pas dû le lui cacher. Alors, sans parler, je le lui ai raconté, et je l'ai vu scintiller, clignoter. J'ai su qu'il avait compris et qu'il ne me condamnait pas. Ensuite, j'ai entendu la voix de Charlie dans ma tête. « Ne rêvasse pas trop pendant que tu es de garde, Tommo, me disait-il. Tu vas t'endormir. On peut te fusiller pour ça. » J'ai cligné des yeux plusieurs fois, je les ai ouverts le plus grand possible, et j'ai inspiré un grand bol d'air froid pour me réveiller.

Quelques instants plus tard, j'ai vu quelque chose bouger derrière les barbelés. J'avais toujours un bourdonnement dans les oreilles, et je ne pouvais en être sûr, mais j'avais l'impression d'entendre quelqu'un, une voix, une voix qui n'était pas dans ma tête. C'était un murmure.

– Hé ! Il y a quelqu'un ? C'est moi, Charlie Peaceful. Compagnie D. Je rentre. Ne tirez pas.

Peut-être que je m'étais endormi, que j'étais plongé dans un rêve merveilleux auquel je voulais croire. Mais la voix est revenue, plus forte cette fois.

– Qu'est-ce qui se passe ? Vous dormez tous à poings fermés ou quoi ? C'est Charlie, Charlie Peaceful.

Une silhouette sombre s'est glissée sous les fils de fer et s'est dirigée vers moi. Ce n'était ni un rêve, ni une histoire que je me serais inventée. C'était Charlie.

171

Je pouvais distinguer son visage, à présent, et il pouvait voir le mien.

– Tommo, toujours dans la lune ! Donne-moi plutôt un coup de main !

Je l'ai attrapé par ses vêtements et je l'ai tiré dans la tranchée.

– Content de te voir, m'a-t-il dit.

Nous nous sommes embrassés. Je crois que nous ne l'avions jamais fait auparavant. Je me suis mis à pleurer, essayant en vain de le cacher, jusqu'à ce que je sente qu'il pleurait, lui aussi.

– Qu'est-ce qui s'est passé ? lui ai-je demandé.

– Ils m'ont tiré dans le pied, tu te rends compte ? Directement à travers ma botte. Je saignais comme un porc. Je revenais, quand je me suis évanoui dans un trou d'obus. Le temps que je reprenne connaissance, vous étiez tous partis en me laissant seul. J'ai dû rester caché là sans bouger jusqu'à la tombée du jour. J'ai l'impression d'avoir rampé pendant toute cette foutue nuit.

– Tu as mal ?

– Je ne sens rien, a dit Charlie. Mais je ne sens pas mon autre pied non plus. Je suis complètement gelé. Ne t'inquiète pas, Tommo. Ça va aller, aussi sûr qu'il va pleuvoir.

Ils l'ont amené à l'hôpital sur un brancard le soir même, et je ne l'ai plus vu jusqu'à ce qu'ils nous retirent du front quelques jours plus tard. Nous sommes allés le voir, Pete et moi, dès que nous avons pu. Il était assis sur son lit, un grand sourire aux lèvres.

– C'est bien d'être ici, nous a-t-il dit. Vous devriez essayer, un de ces jours. Trois repas par jour, des infirmières, pas de boue, une bonne distance entre nous et Mister Fritz.

– Comment va ton pied ? lui ai-je demandé.

– Pied ? Quel pied ?

Il a tapoté sa jambe.

– Ce n'est pas un pied, Tommo. C'est mon billet pour rentrer à la maison. Un gentil Mister Fritz m'a fait le plus beau cadeau qui soit, un billet pour retourner en Angleterre. Ils m'envoient au pays, à l'hôpital. Mon pied s'est un peu infecté. Ils disent que plusieurs os sont cassés. Ils vont réparer ça, mais il faut l'opérer, et ensuite il faudra le laisser au repos. Ils me renvoient demain.

Je savais que j'aurais dû me réjouir pour lui, je m'y efforçais, mais sans y parvenir. Je ne pensais qu'à une chose, c'est que nous étions partis à la guerre ensemble. Nous nous étions battus contre vents et marées ensemble, il brisait le lien qui nous unissait, il m'abandonnait. Pire que tout, il rentrait à la maison sans moi et il ne cachait pas sa joie.

– Je leur transmettrai tes amitiés, Tommo, a-t-il dit. Pete veillera sur toi à ma place, n'est-ce pas Pete ?

– Je n'ai pas besoin qu'on s'occupe de moi, ai-je répliqué d'un ton acerbe.

Mais soit Charlie ne m'avait pas entendu, soit il ne voulait pas en tenir compte.

— Et tiens-le à l'œil, Pete. Cette fille, à l'estaminet de Pop, elle ne le quitte pas du regard. Elle va le manger tout cru.

Ils se sont mis à rire devant mon embarras. Je ne pouvais dissimuler ma gêne, mon malaise.

— Hé, Tommo, a repris Charlie en posant la main sur mon bras. Je serai revenu avant même que tu ne t'en aperçoives.

Pour la première fois, il était sérieux.

— Promis, m'a-t-il dit.

— Alors tu vas voir Molly, et Mère ? lui ai-je demandé.

— Qu'ils essaient de m'en empêcher, et on verra. Je vais me débrouiller pour obtenir une permission. Ou peut-être qu'elles me rendront visite à l'hôpital. Avec un peu de chance, j'arriverai à voir le bébé. Plus qu'un mois, Tommo, et je serai père. Et toi, tu vas être oncle. Penses-y.

Mais le soir, après le départ de Charlie pour l'Angleterre, je ne pensais pas du tout à ça. Je noyais ma colère dans la bière à l'estaminet de Pop. C'était bien de la colère que je noyais, pas du chagrin : de la colère contre Charlie qui m'avait abandonné, qui allait voir Molly, Mère et Big Joe, alors que moi je restais là. Éméché comme je l'étais, j'ai même pensé à déserter, à le rejoindre. Je me débrouillerais pour atteindre la Manche et je prendrais un bateau. Je trouverais bien le moyen de rentrer à la maison.

J'ai regardé autour de moi. Il devait y avoir au moins une centaine de soldats dans le bistrot, ce soir-là. Pete et Nipper Martin, et quelques autres encore parmi eux, mais je me sentais complètement seul. Ils riaient et je ne pouvais pas rire. Ils chantaient et je ne pouvais pas chanter. Je ne pouvais même pas manger mes œufs et mes frites. Il faisait une chaleur étouffante dans la salle, saturée de fumée de cigarette. J'avais du mal à respirer. Je suis sorti prendre l'air. Et j'ai retrouvé mes esprits. J'ai aussitôt renoncé à mon idée de déserter. J'allais plutôt rentrer au camp. C'était le choix le plus facile – on peut être fusillé pour désertion.

– Tommy ?

C'était elle, la fille de l'estaminet. Elle portait une caisse de bouteilles vides pour les ranger dehors.

– Malade ? Souffrant ?

Muet de timidité, j'ai fait non de la tête. Nous sommes restés quelques instants ainsi, à écouter le grondement des canons, tandis qu'un déluge de feu s'abattait sur Ypres, que le ciel s'allumait sur la ville comme un furieux coucher de soleil. Des fusées éclairantes montaient, restaient suspendues dans le ciel, puis retombaient sur le front.

– C'est beau, a-t-elle dit. Comment cela peut être beau ?

J'aurais voulu parler, mais je n'avais pas assez

confiance en moi. Je me suis senti soudain envahi par les larmes, par une envie déchirante de voir Molly et la maison.

– Quel âge ? m'a-t-elle demandé.

– Seize ans, ai-je marmonné.

– Comme moi.

Elle m'a regardé de plus près.

– Je t'ai déjà vu, non ?

J'ai acquiescé d'un signe de tête.

– Peut-être que je te reverrai ?

– Oui, ai-je dit.

Et elle a disparu, me laissant de nouveau seul dans la nuit. J'étais plus calme, à présent, en paix avec moi-même, plus fort, aussi.

En revenant au camp, j'ai pris une résolution. Nous devions partir nous entraîner le lendemain, mais dès que je reviendrais, j'irais tout droit à l'estaminet de Pop, et lorsque la fille m'apporterait des œufs et des frites, j'aurais le courage de lui demander son nom.

Deux semaines plus tard, j'étais de retour, et j'ai fait exactement ce que j'avais décidé.

– Anna, elle m'a dit.

Elle a eu un petit rire léger quand je lui ai annoncé que je m'appelais Tommo.

– Alors, c'est vrai, a-t-elle dit, que tous les soldats anglais s'appellent Tommy !

– Je ne m'appelle pas Tommy, mais Tommo.

– C'est la même chose, a-t-elle répliqué en riant. Mais toi, tu as l'air différent, différent des autres.

Quand elle a appris que j'avais travaillé dans une ferme, avec des chevaux, elle m'a emmené dans l'écurie pour me montrer le cheval de trait de son père. C'était un cheval massif, très beau. Nos mains se sont rencontrées tandis que nous le caressions. Alors elle m'a embrassé, effleurant ma joue de ses lèvres. Ensuite, je suis parti et j'ai suivi la route venteuse jusqu'au camp, sous la lune montante, en chantant *Oranges et Citrons* à tue-tête.

Sous la tente, Pete m'attendait, l'air renfrogné.

– Tu as l'air sacrement content, mais tu le seras moins quand tu auras entendu ce que j'ai à te dire.

– Quoi ?

– Notre nouveau sergent. C'est tout simplement l'Horrible, le maudit Hanley d'Étaples.

À partir de là, il n'y a pas eu une heure, il n'y a pas eu un jour où nous n'ayons eu Hanley sur le dos. D'après lui, nous avions été traités comme des coqs en pâte. Nous étions des soldats ramollis et il allait nous dresser pour nous remettre en forme. Nous n'avions pas le droit de quitter le camp tant qu'il ne serait pas satisfait. Et bien entendu, il n'était jamais satisfait. Je n'ai donc pas pu sortir une seule fois pour aller revoir Anna. Lorsque nous sommes repartis pour le front, Hanley glapissant sur nos talons, sa voix était devenue un aboiement haineux à l'intérieur de nos têtes. Chacun de nous le détestait comme du poison, bien plus que nous n'avions jamais détesté aucun Boche.

Presque quatre heures

Le jour pointe dans le ciel nocturne, ce n'est pas encore la pâle lumière de l'aube, mais la nuit perd peu à peu de son obscurité. Un coq lance son appel matinal, et me dit ce que je sais déjà mais que je ne veux pas croire : le jour va se lever, et bientôt.

Le matin, chez moi, je marchais avec Charlie jusqu'à l'école, nous foulions les feuilles d'automne et piétinions la glace dans les flaques, ou bien nous traversions les bois tous les trois après une nuit de braconnage dans la rivière du Colonel, et nous regardions, accroupis, un blaireau qui ne savait pas que nous étions là. Le matin, ici, je me réveille toujours avec la même angoisse au creux de l'estomac.

Je sais que je devrai regarder de nouveau la mort en face, que jusqu'à présent, la mort a frappé quelqu'un d'autre, mais qu'aujourd'hui, ce sera peut-être moi, que ce sera peut-être mon dernier lever de soleil, mon dernier jour sur terre.

La seule différence, ce matin, c'est que je sais qui va mourir et comment.

Envisagé de cette façon, cela ne semble pas si terrible. C'est ainsi qu'il faut voir les choses, Tommo C'est ainsi qu'il faut les voir.

J'avais toujours imaginé que je serais perdu sans Charlie à mes côtés, et j'aurais très bien pu l'être, si un contingent de jeunes recrues venant tout droit du pays ne nous avait rejoints. Nous en avions terriblement besoin. Il manquait presque la moitié de nos effectifs, désormais, nos camarades ayant été tués, blessés ou frappés de maladies. Ceux d'entre nous qui restaient leur paraissaient être des vétérans endurcis, de vieux soudards qui en avaient vu de toutes les couleurs, qu'il fallait donc admirer, respecter, et même craindre un peu. J'avais beau me sentir encore jeune, je pense que je n'en avais plus l'apparence. Plus maintenant. Pete, Nipper Martin et moi étions devenus de vieux soldats, nous nous conduisions comme tels, rassurant ou terrorisant alternativement les nouvelles recrues, leur racontant d'horribles histoires, les traitant amicalement ou les accablant de moqueries. Je pense que nous jouions plutôt un rôle qui nous avait été donné et que nous y trouvions un certain plaisir, surtout Pete, qui était plus inventif dans ce domaine que Nipper ou moi. Pris par tout cela, j'avais moins de temps pour ressasser mes propres peurs. J'étais beaucoup trop occupé à faire semblant d'être quelqu'un d'autre.

Pendant une certaine période, la vie a été aussi calme qu'elle pouvait l'être au front. En dehors d'une guerre des nerfs entretenue des deux côtés par le lancement occasionnel d'obus et l'envoi de quelques patrouilles de nuit, nous ne bougions pas beaucoup, ni les Boches ni nous.

En outre, dans l'enfermement, l'intimité forcée de la tranchée-abri, même le sergent Hanley ne pouvait pas faire grand-chose pour rendre nos vies encore plus misérables qu'elles ne l'étaient déjà, bien qu'il s'y efforçât, en nous infligeant toute une série d'inspections suivies de punitions. Mais pendant plusieurs jours, les canons sont restés silencieux, un soleil printanier brillait, nous réchauffant le dos et séchant la boue. Et mieux que tout, nous allions nous coucher au sec – un plaisir rare, un plaisir miraculeux. Oui, les rats étaient toujours là et la vermine nous aimait plus que jamais, mais c'était une partie de plaisir à côté de toutes les épreuves que nous avions traversées.

En y repensant maintenant, il me semble que les nouvelles recrues devaient commencer à se dire que nous avions exagéré, nous les vétérans, avec nos horribles récits de guerre. Jusqu'à présent, l'ennui et le sergent Hanley leur paraissaient être ce qu'il y avait de pire à supporter. Il était sans doute vrai, surtout dans le cas de Pete, que nous y avions été un peu fort. Mais Pete, comme nous, leur avait raconté des histoires qui, dans leur majorité en tout cas, avaient un certain rapport avec la réalité. Aucun de nous, même pas Pete, n'aurait pu imaginer ou inventer ce qui allait nous arriver un calme matin du mois de mai, au moment où nous nous y attendions le moins.

À l'aube, rien à signaler. L'état d'alerte était devenu une simple routine, particulièrement ennuyeuse. Les attaques se déclenchaient surtout à l'aube, nous le savions, mais après cette période de calme, nous nous attendions à ce qu'il ne se passe plus rien, et il ne s'était effectivement rien passé depuis un bon bout de temps. Nous étions engourdis par le ciel bleu peut-être, ou par l'ennui. Les Boches semblaient avoir remis les choses à plus tard, et cela nous convenait très bien. Nous pensions pouvoir attendre, nous aussi. Le réveil a été brutal. J'étais dans l'abri, où j'avais tout juste commencé à écrire une lettre.

J'écris à Mère – et je me sens fautif car je ne l'ai pas fait depuis un moment. La mine de mon crayon se casse sans arrêt et je suis en train de la tailler. Les autres sont allongés au soleil ou assis en train de fumer et de bavarder. Nipper Martin nettoie son fusil pour la énième fois. Il fait très attention à ces choses-là.

– Gaz ! Gaz !

Le cri monte et résonne dans toute la tranchée. Pendant un moment, nous restons figés sur place, paniqués. Nous nous sommes entraînés trente-six fois à réagir à cette éventualité, mais nous tâtonnons, attrapons maladroitement nos masques à gaz.

— Baïonnettes au canon ! hurle Hanley pendant que nous essayons frénétiquement de mettre nos masques.

Nous prenons nos fusils et fixons nos baïonnettes. Nous sommes sur la banquette de tir, face au no man's land, et nous le voyons déferler vers nous, ce redoutable nuage de mort, dont nous avons tant entendu parler, mais que nous n'avons encore jamais vu. Ses tentacules meurtriers fouillent l'air, se fraient un passage en avant, en longues volutes jaunes, ils me flairent, ils me cherchent. Et ils me trouvent, le gaz tourne, dérive droit sur moi. Je crie dans mon masque : « Jésus ! Jésus ! »

Le gaz continue à arriver, flottant au-dessus de nos barbelés, à travers nos barbelés, avalant tout sur son passage.

J'entends de nouveau la voix de l'instructeur dans ma tête, je le vois me crier à travers son masque lors du dernier exercice : « Vous paniquez, Peaceful. Un masque à gaz, c'est comme Dieu, mon gars. Il fera de sacrés miracles pour vous, si vous croyez en lui. »

Mais je n'y crois pas ! Je ne crois pas aux miracles.

Le gaz n'est plus qu'à quelques mètres. Il va arriver sur moi, autour de moi, en moi. Je m'accroupis et cache ma tête entre mes genoux, mes mains sur mon casque, en priant pour qu'il passe au-dessus de moi, au-dessus de la tranchée, qu'il aille chercher quelqu'un d'autre. Mais non. Il est tout autour de moi. Je me dis que je ne respirerai pas, qu'il ne faut pas que je respire. À travers un brouillard jaunâtre, je le vois remplir les tranchées. Il flotte dans les abris, s'infiltre dans chaque recoin, dans chaque fissure, il me cherche. Il veut tous nous débusquer, tous nous tuer, jusqu'au dernier. Je ne dois pas respirer. Je vois des hommes courir, tituber, tomber. J'entends Pete m'appeler. Puis il m'attrape par le bras et nous courons. Il faut que je respire, maintenant, je ne peux pas courir sans respirer. À moitié aveuglé par mon masque, je trébuche et je tombe, en me cognant la tête contre le mur de la tranchée. Je suis à moitié assommé. Mon masque à gaz s'est détaché. Je le remets, mais j'ai respiré et je sais qu'il est déjà trop tard. Mes yeux me piquent. J'ai les poumons en feu. Je tousse, j'ai la nausée, je suffoque. Je cours n'importe où, ne pensant qu'à échapper au gaz. Enfin, je me retrouve dans la tranchée de réserve, qui n'est pas touchée par le gaz. Je suis hors d'atteinte. J'arrache mon masque, haletant, cherchant de l'air frais.

Puis je suis à quatre pattes et je vomis violemment. Quand le pire est passé, je lève la tête et essaie de voir quelque chose de mes yeux troubles et larmoyants. Un Allemand portant un masque à gaz est debout au-dessus de moi, son fusil pointé sur moi. Je n'ai pas d'arme. C'est la fin. Je me recroqueville, mais il ne tire pas. Il baisse doucement son fusil.

— Va, dit-il, en me faisant signe de partir avec son arme. Va, Tommy, va.

Ainsi, grâce au bon vouloir d'un Allemand inconnu, j'ai survécu et j'en ai réchappé. Plus tard, de retour à notre hôpital de campagne, j'ai entendu dire que nous avions contre-attaqué, repoussé les Allemands et repris nos tranchées sur le front, mais il me suffisait de regarder autour de moi pour comprendre à quel prix. Je faisais la queue avec les autres blessés capables de marcher pour voir le médecin. Il a lavé mes yeux, les a examinés, a ausculté ma poitrine. Malgré ma toux, il a déclaré que j'étais en état de reprendre le service.

— Vous avez de la chance. Vous n'en avez respiré qu'une bouffée, m'a-t-il dit.

En repartant, je suis passé devant les autres, ceux qui n'avaient pas eu autant de chance. Ils étaient couchés dehors au soleil. Je les connaissais presque tous, je ne les reverrais plus jamais. C'étaient des amis avec lesquels j'avais vécu, plaisanté, joué aux cartes, avec lesquels je m'étais disputé. J'ai cherché Pete parmi eux. Je ne l'ai pas vu. Mais Nipper Martin était là, le dernier corps devant lequel je suis arrivé. Il gisait, parfaitement immobile. Il y avait une sauterelle verte sur son pantalon.

Quand je suis rentré au camp, ce soir-là, j'ai trouvé Pete, seul sous la tente. Il m'a regardé, les yeux écarquillés, comme s'il contemplait un fantôme. Quand je lui ai parlé de Nipper Martin, il était au bord des larmes, je ne l'avais jamais vu aussi ému. Nous avons échangé nos histoires de rescapés en buvant une tasse de thé chaud et sucré.

Au moment de l'attaque au gaz, Pete s'était enfui comme moi, comme la plupart d'entre nous, mais ensuite ils avaient été regroupés, lui et quelques autres, dans la tranchée de réserve, pour participer à la contre-attaque.

– Nous sommes toujours là, Tommo, nous sommes vivants, a-t-il dit. Et c'est la seule chose qui compte, j'imagine. Malheureusement l'Horrible, le Maudit Hanley est toujours là, lui aussi. Enfin, j'ai au moins de bonnes nouvelles pour toi. Il m'a montré des lettres. Tu en as deux, sacré veinard. Personne ne m'écrit, de chez moi. C'est pas étonnant, ils ne savent pas, ou alors… En fait, ma sœur sait écrire, mais nous ne nous parlons plus. Je vais te dire, Tommo, tu pourrais me lire les tiennes à haute voix, comme ça j'aurais l'impression qu'elles me sont adressées à moi aussi, d'accord ? Vas-y, Tommo, je t'écoute.

Il s'est allongé, a mis ses mains derrière sa tête et a fermé les yeux. Il ne m'avait pas tellement laissé le choix.

Je les ai sur moi, aujourd'hui, les toutes dernières lettres qui viennent de la maison. J'ai essayé de garder les précédentes, mais certaines se sont perdues et les autres ont été si souvent trempées qu'elles étaient devenues illisibles et je les ai jetées. Mais celles-là, je les ai gardées en y faisant très attention, car tous ceux que j'aime sont dedans. Je les conserve dans du papier paraffiné, dans ma poche, près de mon cœur. Je les ai lues, relues, et chaque fois je peux entendre les voix aimées à travers les mots, je peux voir les visages dans les lettres tracées sur le papier. Je vais les relire à haute voix, exactement comme je les avais lues à Pete la première fois, sous la tente. Je vais d'abord lire la lettre de Mère, car c'est celle que j'avais lue la première, ce jour-là.

Mon cher fils,

J'espère que cette lettre te trouvera en bonne santé. J'ai tant de bonnes nouvelles à t'apprendre. Lundi dernier, tôt le matin, Molly a donné naissance à un petit garçon. Comme tu peux l'imaginer, nous sommes tous ravis de cet heureux événement. Tu peux aussi imaginer notre surprise et notre joie quand, ayant entendu frapper moins d'une semaine plus tard, j'ai trouvé ton frère Charlie derrière la porte. Il m'a paru plus mince qu'avant, et beaucoup plus vieux aussi. Je pense qu'il n'a pas mangé suffisamment et je lui ai conseillé de manger davantage à l'avenir. Il dit que malgré tout ce qu'on peut lire dans les journaux vous avez passé de bons moments tous les deux en Belgique. Les gens que je rencontre dans le village me demandent comment tu vas, même ta grand-tante a voulu avoir de tes nouvelles ! Elle a été la première à venir voir le bébé. Elle a prétendu que bien qu'il soit beau, il a les oreilles pointues, ce qui n'est pas vrai, bien entendu, et a attristé Molly. Pourquoi dit-elle tou-

jours des choses aussi blessantes ? Quant au Colonel, à l'entendre, il pourrait gagner la guerre à lui tout seul. Ton père avait bien vu à qui il avait affaire !

Beaucoup de choses ont changé dans le village, et pas en bien. La plupart des hommes jeunes s'enrôlent. Il n'en reste plus assez pour travailler la terre. Les haies ne sont plus taillées, de nombreux champs sont en jachère. Une triste nouvelle : Fred et Margaret Parsons ont appris le mois dernier que Jimmy ne reviendra pas. Il semble qu'il soit mort de ses blessures en France.

Mais la brève visite de Charlie et la naissance du bébé nous ont remonté le moral à tous. Charlie nous dit que nos troupes vont bientôt lancer une grande offensive, que nous gagnerons la guerre, et qu'elle sera finie. Nous prions pour qu'il ait raison. Mon cher fils, même avec Charlie à la maison, avec Big Joe, Molly et le nouveau bébé, cette petite maison semble vide en attendant ton retour. Reviens vite, et en bonne santé.

Ta mère qui t'aime

L'empreinte du pouce de Big Joe s'étalait en longues traînées d'encre jusqu'à la fin de la page comme d'habitude, avec son nom à côté en énormes lettres tremblées.

– Alors, c'est comme ça ? s'est écrié Pete, soudain furieux. On passe de bons moments ! Pourquoi est-ce qu'il leur raconte des trucs pareils ? Pourquoi il ne leur explique pas comment c'est vraiment, ici, pourquoi il ne leur parle pas de cet affreux gâchis, de tous ces braves types qui se font tuer par milliers pour rien… pour rien ! Je leur dirais, moi ! Qu'on m'en donne l'occasion, et je saurais quoi leur dire. Charlie devrait avoir honte de raconter des choses comme ça. Les hommes qui sont morts aujourd'hui, ils passaient de bons moments ? Ah vraiment !

Je n'avais jamais vu Pete dans une telle colère. D'habitude, il plaisantait toujours, il blaguait et faisait l'idiot. Il s'est mis sur le côté, m'a tourné le dos et ne m'a plus adressé la parole.

J'ai donc lu la lettre suivante pour moi tout seul. Elle était écrite par Charlie, pour la plus grande partie. À la différence de Mère, il faisait plein de fautes et de ratures, il était donc beaucoup plus difficile à lire.

Cher soldat Peaceful,

Comme tu vois, je suis de nouveau à la maison, Tommo. Mieux vaut tard que jamais. J'ai la fierté d'être le père, et tu as la fierté d'être l'oncle du plus mignon petit bonhomme qu'on ait jamais vu. J'aimerais que tu puisses le voir. Mais ça se fera, et bientôt j'espère. Molly me dit qu'il est encore plus beau que son père, ce qui n'est pas vrai, bien entendu. Big Joe reste assis près de lui pendant qu'il dort, comme il le faisait avec Bertha. Il s'inquiète à l'idée que je reparte bientôt, ce qui va forcément être le cas. Il ne comprend pas – comment le pourrait-il ? – où nous avons été ni ce que nous avons fait. Et je préférerais ne pas le lui dire. Je préférerais ne le dire à personne.

Quand je suis sorti de l'hôpital, j'ai pu obtenir trois

jours de permission seulement, il ne m'en reste plus qu'un. Je vais l'utiliser au mieux. Enfin, il faut que tu saches que nous avons tous décidé d'appeler le petit bonhomme Tommo. Chaque fois que nous prononçons son nom, c'est comme si tu étais là, avec nous, comme nous le voudrions tous, ici. Molly voudrait t'écrire quelques mots, elle aussi, je m'arrête donc là. Courage !

Ton frère Charlie, ou l'autre soldat Peaceful

Cher Tommo,

Je t'écris pour que tu saches que j'ai déjà tout raconté au petit Tommo au sujet de son oncle courageux. Je lui ai dit qu'un jour, lorsque cette horrible guerre sera finie, nous nous retrouverons enfin tous réunis. Il a tes yeux bleus, les cheveux bruns de Charlie et le grand sourire de Big Joe. À cause de tout cela, je l'aime plus que je ne saurais dire.

Ta Molly

Ces deux lettres ! Je les ai gardées sur moi, je les ai lues et relues jusqu'à ce que je les connaisse quasiment par cœur. Elles m'ont permis de tenir les jours suivants. Elles m'ont donné l'espoir que Charlie revienne vite, et la force dont j'avais besoin pour ne pas devenir fou.

Nous aurions pu penser, et nous espérions en tout cas, que le sergent Hanley nous accorderait un répit, qu'il nous laisserait nous reposer un peu avant de nous renvoyer sur le front. Mais nous allions découvrir que ce n'était pas dans sa nature, ce dont nous aurions déjà dû être largement convaincus. D'après lui, nous avions couvert le régiment de honte, nous nous étions conduits comme une bande de lâches au moment de l'attaque au gaz, et son seul devoir était de nous inculquer le courage. Ainsi Hanley s'est mis à nous harceler matin, midi et soir, sans relâche. Inspections, entraînements, manœuvres, exercices, nouvelles inspections. Impitoyablement, il nous conduisait tous au désespoir et à l'épuisement. Surpris une nuit en train de dormir à son poste, Ben Guy, le fils de l'aubergiste d'Exbourne, l'une des nouvelles recrues, a été soumis, comme Charlie avant lui, à la Punition en Campagne Numéro Un. Plusieurs jours de suite, il est resté attaché à la roue d'un canon sous tous les temps. Comme pour Charlie à Étaples, il nous était interdit de lui parler ou même de lui apporter de l'eau.

C'est la période la plus sombre que nous ayons traversée. Le sergent Hanley avait réussi ce que toute cette sale guerre d'usure n'avait pu faire. Il avait pris notre courage, vidé nos dernières forces, détruit notre espoir. Plus d'une fois, alors que j'étais couché sous ma tente, j'ai pensé déserter, ou courir voir Anna, à Pop, lui demander de me cacher, de m'aider à retourner en Angleterre. Mais au matin, je n'avais même plus le courage d'être lâche. Je restais, parce que je n'avais pas la force de m'en aller, parce que je ne pouvais pas abandonner Pete ni les autres, et ne pas être là quand Charlie reviendrait. Et je restais aussi, parce que Molly avait dit que j'étais courageux et qu'elle avait appelé le petit Tommo comme moi. Je ne pouvais pas leur faire honte, ni à elle, ni à lui.

À notre grande surprise, nous avons obtenu un soir de permission avant d'être de nouveau envoyés sur le front, et nous nous sommes tous dirigés directement à l'estaminet de Pop. La plupart d'entre nous y allait pour manger et boire de la bière, j'en avais envie moi aussi, même si en arrivant au village, je me suis aperçu que je pensais beaucoup plus à Anna qu'aux œufs et aux frites. Mais ce n'est pas Anna qui nous a apporté nos bières. Il y avait une autre fille, qu'aucun de nous n'avait jamais vue auparavant. Je cherchais en vain Anna du regard : elle ne servait pas d'autres tables non plus. Quand la fille nous a apporté nos œufs et nos frites, je lui ai demandé où était Anna. Elle s'est contentée de hausser les épaules comme si elle n'avait pas compris, mais il y avait quelque chose en elle qui me disait qu'elle savait très bien de quoi je parlais et qu'elle ne voulait pas me répondre. Grâce à Pete et Charlie, mon penchant pour Anna était connu dans la compagnie depuis un bon bout de temps, et à présent, ils étaient tous là à se moquer cruellement de moi pendant que je la cherchais. Fatigué de leurs railleries, je suis allé jeter un coup d'œil dehors pour voir si je ne la trouvais pas.

J'ai d'abord regardé dans l'écurie où elle m'avait emmené un soir, mais elle était vide. J'ai longé le sentier de la ferme, dans l'obscurité croissante, après être passé devant le poulailler, pour voir si le cheval n'était pas dans le champ avec Anna. Il y avait deux chèvres qui chevrotaient au bout d'une longe, mais ni cheval, ni Anna. Ce n'est qu'à ce moment-là que j'ai eu l'idée d'aller frapper à la porte de derrière. J'ai pris mon courage à deux mains. J'ai dû frapper fort pour qu'on m'entende, à cause du bruit qui venait de l'estaminet. La porte s'est ouverte doucement, et je me suis trouvé face à son père. Ce n'était plus l'homme avenant et souriant que j'avais toujours vu, il était en bras de chemise et bretelles, pas rasé, les cheveux ébouriffés. Il avait une bouteille à la main et on voyait à son visage qu'il avait bu. Il n'était pas content de me voir.

— Anna ? ai-je demandé. Est-ce qu'Anna est là ?

— Non, a-t-il répondu. Anna ne sera plus jamais là. Anna est morte. Tu entends ça, le Tommy ? Vous venez tous ici, vous venez faire votre sale guerre chez moi. Pourquoi ? Réponds-moi ! Pourquoi ?

— Qu'est-ce qui s'est passé ?

— Ce qui s'est passé ? Je vais te le dire ce qui s'est passé. Il y a deux jours, j'envoie Anna chercher les œufs. Elle conduit la charrette sur la route, un obus arrive, un gros obus boche. Un seul, mais ça suffit. Je l'ai enterrée aujourd'hui. Alors si tu veux voir ma fille, Tommy, il faut aller au cimetière. Et puis vous pouvez aller en enfer, tous autant que vous êtes, Anglais, Allemands, Français, vous croyez que j'en ai quelque chose à faire ? Et vous pouvez emporter votre guerre en enfer avec vous, ils aimeront ça, là-bas. Laisse-moi tranquille, Tommy, laisse-moi.

Et il m'a claqué la porte au nez.

Il y avait plusieurs tombes creusées depuis peu dans le cimetière, mais une seule était couverte de fleurs fraîches. Je n'avais connu d'Anna que quelques mots rieurs, la lumière de ses yeux, la rencontre de nos mains et un baiser fugitif, mais je ressentais une douleur en moi telle que je n'en avais pas éprouvé depuis que j'étais petit, depuis la mort de mon père. J'ai regardé la flèche de l'église, une aiguille sombre qui pointait vers la lune et au-delà, et j'ai essayé de tout mon cœur, de tout mon esprit, de croire qu'Anna était là-haut quelque part, dans l'infini immense, là-haut, au paradis du catéchisme, au paradis heureux de Big Joe. Mais je n'ai pas réussi à y croire. Je savais qu'elle gisait dans la terre froide, à mes pieds. Je me suis agenouillé, j'ai embrassé la terre, et je l'ai laissée là. La lune glissait au-dessus de moi, me suivait, passait entre les arbres, éclairant mon chemin jusqu'au camp. À l'arrivée, je n'avais plus assez de larmes pour pleurer.

La nuit suivante, nous marchions de nouveau dans les tranchées avec des centaines d'autres, pour renforcer nos lignes, comme ils disaient. En réalité, cela ne pouvait signifier qu'une chose : on s'attendait à une attaque et nous allions nous trouver dans un sacré pétrin. Finalement, les Boches nous ont donné quelques jours de répit – ils n'ont pas attaqué, pas tout de suite.

En revanche, Charlie est revenu. Il est entré avec nonchalance dans notre abri, comme s'il était parti cinq minutes plus tôt.

– Bonjour, Tommo. Bonjour à tous, a-t-il dit avec un grand sourire.

Son arrivée nous a redonné du courage à tous. On avait toujours le sergent Hanley sur le dos, en train de rôder sans cesse autour de nous, mais notre champion était revenu, le seul d'entre nous qui avait jamais osé l'affronter. Quant à moi, j'avais de nouveau mon protecteur, mon frère et mon meilleur ami. Comme tous les autres, je me sentais soudain plus en sécurité.

J'étais là, lorsque le sergent Hanley et Charlie sont tombés face à face dans la tranchée.

– Quelle bonne surprise, sergent, a dit Charlie d'un ton moqueur. J'ai entendu dire que vous nous aviez rejoints.

– Et moi, j'ai entendu dire que vous aviez fait semblant d'être malade, a répondu hargneusement Hanley. Je n'aime pas les simulateurs. Je vous ai à l'œil, Peaceful. Vous êtes un fauteur de troubles, vous l'avez toujours été. Je vous préviens, un seul faux pas, et...

– Ne vous en faites donc pas, sergent, a dit Charlie. Je serai sage comme une image. Croix de bois, croix de fer, si je mens je vais en enfer.

Le sergent a d'abord eu l'air déconcerté, puis furieux.

– Joli temps, ici, a poursuivi Charlie. Dans notre bonne Angleterre il pleut, vous savez. Il pleut des cordes.

Hanley l'a poussé en passant, puis a grommelé quelque chose. C'était une modeste victoire, mais elle a réchauffé le cœur de tous ceux qui avaient assisté à la scène.

Le soir, Charlie et moi sommes restés assis à boire notre thé au-dessus d'une petite flamme vacillante, à parler tranquillement, tous les deux ensemble pour la première fois. J'avais plein de questions à lui poser sur la famille, mais il ne semblait pas avoir très envie d'en parler. Je commençais à le prendre mal, à me sentir blessé même, lorsqu'il s'en est aperçu et m'a expliqué pourquoi.

– C'est comme si on vivait deux vies séparées dans deux mondes séparés, Tommo, et j'aimerais que ça reste ainsi. Je ne veux surtout pas que ces deux mondes se rejoignent. Je n'ai pas ramené l'Horrible Hanley ni les obus à la maison, tu comprends. Et pour moi, c'est la même chose dans l'autre sens. La maison est la maison. Ici, c'est ici. C'est difficile à expliquer, mais le petit Tommo et Molly, Mère et Big Joe n'appartiennent pas à ce trou infernal, n'est-ce pas ? En parlant d'eux, je les y amène, et c'est ce que je ne veux pas faire. Tu comprends, Tommo ?

J'ai compris.

Nous entendons l'obus arriver, nous savons à son sifflement perçant qu'il va atterrir tout près de nous, et c'est ce qui se passe. Le souffle de l'explosion nous projette tous par terre, éteignant nos lampes et nous plongeant dans une obscurité acre. C'est le premier obus avant des milliers d'autres. Nos canons ripostent presque aussitôt, et un duel titanique se déroule alors, quasiment sans trêve, tandis que le monde au-dessus de nous entre en éruption, que le fracas des explosions nous pilonne jour et nuit sans pitié. Lorsque le bruit des canons diminue, c'est encore plus cruel, car nous avons soudain le fragile espoir que ça pourrait enfin s'arrêter, espoir qui s'évanouit de nouveau quelques minutes plus tard.

Nous commençons par nous serrer les uns contre les autres dans notre abri, par essayer de faire comme s'il ne se passait rien de spécial, de nous convaincre que, quoi qu'il arrive, notre abri est assez profond pour nous permettre d'en réchapper. Nous savons très bien, au fond de nous, qu'un impact direct signifierait notre fin à tous. Nous le savons et nous l'acceptons. Nous préférons simplement ne pas y penser, et surtout ne pas en parler. Nous buvons notre thé, fumons nos cigarettes, des Woodbines, mangeons quand la nourriture arrive – c'est-à-dire pas très souvent – et continuons à vivre le mieux possible, le plus normalement possible.

Le deuxième jour, aussi incroyable que cela paraisse, le bombardement s'intensifie. Toute l'artillerie lourde des Allemands semble braquée sur notre secteur. Il arrive un moment où les derniers et fragiles vestiges d'une peur contenue s'effondrent, laissant la place à une terreur qu'on ne peut cacher plus longtemps. Je me retrouve par terre, roulé en boule, hurlant pour que ça s'arrête. Puis je sens que Charlie s'allonge à mes côtés et se serre contre moi pour me protéger, pour me réconforter. Il commence à chanter *Oranges et Citrons* doucement à mon oreille, et je me mets à chanter avec lui, d'une voix forte, je chante au lieu de crier. Et bientôt dans l'abri tous chantent avec nous. Mais le déluge de feu continue, continue encore, et à la fin ni Charlie, ni *Oranges et Citrons* ne parviennent plus à endiguer la terreur qui m'envahit, qui m'engloutit, détruisant la dernière lueur de courage et de sang-froid qui aurait pu me rester. Je n'ai plus que ma peur.

Ils lancent leur attaque à la lumière perlée de l'aube, mais elle faiblit avant même d'arriver près de nos barbelés. Nos mitrailleurs y veillent, et les abattent comme des milliers de quilles grises qui ne se relèveront plus. Mes mains tremblent tellement que j'ai du mal à recharger mon fusil. Quand ils reculent, font demi-tour et s'enfuient, nous attendons le coup de sifflet pour sortir de la tranchée. J'y vais parce que les autres y vont, j'avance comme si j'étais en transe, comme si je me projetais entièrement à l'extérieur. Tout à coup, je me retrouve à genoux, sans savoir pourquoi. Du sang qui coule sur mon visage, ma tête est traversée par une douleur soudaine, si violente, si terrible qu'il me semble qu'elle va éclater. Je me sens tomber de mon rêve, sombrer dans un monde obscur et tourbillonnant. Je chavire dans un monde où je ne suis encore jamais allé, un monde chaud, confortable et qui m'enveloppe. Je sais que je suis en train de mourir ma propre mort, et c'est bien ainsi.

Cinq heures moins cinq

Plus que soixante-cinq minutes. Comment vais-je les vivre ? En essayant de dormir ? Ce n'est même pas la peine d'essayer. En prenant un solide petit déjeuner ? Je n'en ai pas envie. Vais-je crier, hurler ? À quoi bon ? Prier ? Pourquoi ? Dans quel but ? Prier qui ?

Non, ils feront ce qu'ils feront. Le maréchal Haig est Dieu tout-puissant ici, et Haig a signé. Haig a confirmé la sentence. Il a décrété que le soldat Peaceful doit mourir, qu'il sera fusillé pour lâcheté face à l'ennemi, à six heures du matin, le 25 juin 1916.

Les soldats du peloton d'exécution prennent sans doute leur petit déjeuner en ce moment, boivent lentement leur thé, horrifiés par ce qu'ils vont être obligés de faire. Personne ne m'a dit où cela se passerait exactement. Je ne veux pas que ce soit entre les murs gris de la cour d'une sombre prison ! Je veux un endroit d'où l'on voit le ciel et les nuages, les arbres et les oiseaux. Ce sera plus facile s'il y a des oiseaux.

Et qu'on en finisse vite ! Qu'on en finisse vite, s'il vous plaît !

Je reprends connaissance sous le bruit assourdi de la mitraille, le hurlement lointain des obus. La terre tremble et s'ébranle, mais je suis curieusement soulagé, car c'est sûrement le signe que je ne suis pas mort. Je ne suis pas trop inquiet non plus au début, quand je me rends compte que je ne vois rien d'autre que du noir, car je me souviens tout d'un coup que j'ai été blessé – je sens toujours les élancements dans ma tête. C'est sans doute la nuit et je dois être allongé quelque part dans le no man's land, à regarder l'obscurité du ciel. Mais ensuite, j'essaie de bouger un peu la tête, et l'obscurité s'effrite, tombe sur moi, remplissant ma bouche, mes yeux, mes oreilles. Ce n'est pas le ciel que je regarde, mais la terre. Je sens son poids sur moi, maintenant, qui m'écrase la poitrine. Je ne peux pas bouger les jambes, les bras non plus. Uniquement les doigts. Si je mets longtemps à comprendre que je suis enterré, enterré vivant, je panique très vite. On a dû penser que j'étais mort, et on m'a enterré, mais je ne suis pas mort ! Je ne suis pas mort ! Je crie, et la terre remplit ma bouche, m'empêchant de respirer. Mes doigts grattent, raclent frénétiquement la terre, mais je suffoque et personne ne peut m'aider. J'essaie de penser, de calmer la panique qui me submerge, de rester allongé immobile, je m'efforce de respirer par le nez. Mais il n'y a pas d'air à respirer. Je me mets alors à penser à Molly et je jure de garder son image en moi jusqu'au moment de ma mort.

Je sens une main sur ma jambe. On m'attrape un pied, puis l'autre. Très loin de moi, il me semble, j'entends une voix, et je sais que c'est la voix de Charlie. Il me crie de tenir bon. Ils creusent pour moi, ils me tirent, ils me sortent à la lumière bénie du jour, dans l'air béni. J'avale l'air comme de l'eau, j'étouffe, je tousse, et enfin, je respire.

Ensuite, tout ce que je sais, c'est que je suis assis dans ce qui ressemble à un abri en béton, profondément enterré, plein d'hommes épuisés, que je connais tous. Pete descend les marches. Il a du mal à respirer et halète, comme moi. Charlie est toujours en train de verser les dernières gouttes de sa bouteille d'eau sur mon visage, pour essayer de me laver un peu.

– J'ai bien cru que nous t'avions perdu, Tommo, me dit Charlie. L'obus qui t'a enseveli a tué une demi-douzaine d'hommes. Tu as eu de la chance. Tu as la tête plutôt amochée. Allonge-toi et ne bouge pas, Tommo. Tu as perdu beaucoup de sang.

Je me mets à trembler. J'ai froid partout et je me sens aussi faible qu'un chaton.

Pete s'accroupit à côté de nous et appuie son front contre son fusil.

— C'est l'enfer, dehors, dit-il. On tombe comme des mouches, Charlie. On est coincés, avec des mitrailleuses des trois côtés. Tu pointes la tête dehors et tu es un homme mort.

Je demande :

— Où sommes-nous ?

— Au milieu de ce damné no man's land, voilà où nous sommes, dans une vieille casemate allemande, répond Pete. On ne peut ni avancer, ni reculer.

— Alors, on ferait mieux de rester là un moment, non ? dit Charlie.

Je lève les yeux et je vois le sergent Hanley, debout au-dessus de nous, le fusil à la main, qui se met à crier :

— Rester là ? Rester là ? Écoutez-moi, Peaceful. C'est moi qui commande, ici. Quand je dis qu'on y va, on y va. C'est clair ?

Charlie le regarde droit dans les yeux, le défiant ouvertement, et il ne détourne pas le regard, exactement comme il le faisait à l'école, quand Mr. Munnings lui passait un savon.

— Dès que j'en donnerai l'ordre, poursuit le sergent, en s'adressant à présent à tous les hommes de l'abri, nous sortirons rapidement d'ici, et tous autant que nous sommes. Pas de traînards, pas de simulateurs – c'est de vous que je parle, Peaceful. Nous devons porter l'attaque et tenir nos positions. Il n'y a plus qu'une cinquantaine de mètres jus qu'aux tranchées allemandes. On y arrivera facilement.

J'attends que le sergent s'éloigne et ne puisse m'entendre, pour murmurer :

— Charlie, je ne crois pas que j'y arriverai. Je n'arriverai pas à me lever.

— Ne t'inquiète pas, me dit-il, et soudain un sourire éclaire son visage. Tu es dans un drôle d'état, Tommo. Couvert de sang et de boue, avec deux petits yeux blancs qui ressortent. Ne te tracasse pas, nous resterons ensemble quoi qu'il arrive. Comme toujours, non ?

Le sergent attend une minute ou deux près de l'ouverture de l'abri que les tirs diminuent.

— Bien ! dit-il. C'est le moment. Nous sortons. Vérifiez que vos chargeurs sont pleins et que vous avez une balle dans le canon. Vous êtes prêts ? Debout ! Allons-y !

Personne ne bouge. Les hommes se regardent les uns les autres, hésitants.

— Qu'est-ce qui vous arrive, nom d'un chien ? Debout, bon sang ! Allez, debout !

Alors, Charlie prend la parole, très calmement.

— Je pense qu'ils pensent ce que je pense, sergent. Si vous nous faites sortir d'ici maintenant, nous serons fauchés par les mitrailleuses allemandes. Ils nous ont vus entrer là, et ils attendent qu'on sorte. Ils ne sont pas idiots. Il vaudrait peut-être mieux rester dans l'abri et revenir à la tranchée quand il fera nuit. À quoi ça sert de sortir et de se faire tuer pour rien, sergent?

— Seriez-vous en train de désobéir à mes ordres, Peaceful? hurle le sergent, hors de lui.

— Non, je vous donne simplement mon avis, répond Charlie. Notre avis à tous.

— Et moi je vous préviens, Peaceful, que si vous ne nous suivez pas quand nous chargerons, ce ne sera plus simplement la Punition en Campagne. Ce sera la cour martiale. Le peloton d'exécution. Vous m'entendez, Peaceful? Vous m'entendez?

— Oui, sergent, dit Charlie, je vous entends. Mais le fait est, sergent, que même si je le voulais, je ne pourrais pas vous suivre, car je devrais laisser Tommo, et ça, je ne peux pas. Comme vous le voyez, sergent, il est blessé. Il est à peine capable de marcher, encore moins de courir. Je ne le quitterai pas. Je resterai avec lui. Ne vous inquiétez pas pour nous, sergent, nous reviendrons plus tard à la tranchée, quand il fera nuit. Ça se passera bien.

— Peaceful, misérable ver de terre!

Le sergent menace Charlie avec son fusil. Tremblant de fureur, il tient sa baïonnette à quelques centimètres du nez de Charlie.

— Je devrais vous tuer sur-le-champ et éviter cette corvée au peloton d'exécution.

Pendant un moment, on dirait que le sergent va vraiment tirer, mais il se reprend et se détourne.

— Debout, vous tous! À mon commandement,

vous sortirez d'ici. Ne vous y trompez pas, c'est la cour martiale pour quiconque restera.

Un par un, les hommes se lèvent à contrecœur, chacun se préparant à sa façon, une dernière bouffée de cigarette, une prière silencieuse, les yeux fermés.

– En avant ! En avant !

Le sergent crie et ils partent tous, montant précipitamment les marches de l'abri, et se ruant dehors. J'entends les mitrailleuses allemandes ouvrir le feu. Pete est le dernier à quitter la casemate. Il s'arrête sur une marche et se retourne vers nous.

– Tu devrais venir, Charlie, dit-il. Ce salaud ne plaisante pas. Il parle sérieusement, je t'assure.

– Je sais, répond Charlie. Mais moi aussi. Bonne chance, Pete. N'oublie pas de baisser la tête.

Pete s'en va et nous restons seuls, tous les deux dans l'abri. Nous n'avons pas besoin d'imaginer ce qui se passe à l'extérieur. Il nous suffit d'entendre les cris brusquement interrompus, le crépitement mortel des mitrailleuses, le staccato des fusils qui les cueillent un par un. Puis le calme revient et nous attendons. Je regarde Charlie. Je vois qu'il a les larmes aux yeux.

– Pauvres gars, dit-il, pauvres gars.

Et il ajoute :

– Je crois que je suis bel et bien cuit, cette fois, Tommo.

– Peut-être que le sergent ne reviendra pas.

– Espérons ! dit Charlie. Espérons !

Ensuite, j'ai dû perdre et reprendre conscience tour à tour. Chaque fois que je revenais à moi, je voyais qu'encore un homme ou deux étaient revenus dans l'abri, et toujours pas de sergent Hanley. Je continuais à espérer. À un moment, je me suis réveillé, allongé, la tête reposant sur l'épaule de Charlie, qui avait passé son bras autour de mes épaules.

— Tommo ? Tommo ? m'appelait-il. Tu es réveillé ?

— Oui, ai-je dit.

— Écoute, Tommo, j'ai réfléchi. Si le pire arrive…

— Ça n'arrivera pas, l'ai-je interrompu.

— Écoute-moi, Tommo, s'il te plaît. Je veux que tu me promettes que tu veilleras pour moi sur tout ce qui m'est cher. Tu comprends ce que je veux dire ? Tu me le promets ?

— Oui, ai-je dit.

Après un long silence, il a poursuivi :

— Tu l'aimes toujours, n'est-ce pas ? Tu aimes toujours Molly ?

Mon silence suffisait. Il le savait déjà.

— Bien ! a dit Charlie. Et il y a autre chose dont je voudrais que tu t'occupes.

Il a enlevé son bras de mes épaules, a pris sa montre, et l'a attachée à mon poignet.

— C'est une montre merveilleuse. Elle ne s'est jamais arrêtée. Pas une seule fois. Ne la perds pas.

Je ne savais pas quoi dire.

— Maintenant, tu peux te rendormir, a-t-il ajouté. Dans mon sommeil, j'ai de nouveau fait le cauchemar de mon enfance, où Père pointait son doigt sur moi, et je me suis promis dans mon rêve que lorsque je me réveillerais, cette fois, j'avouerais enfin à Charlie ce que j'avais fait dans la forêt, il y a bien longtemps.

J'ai ouvert les yeux. Le sergent Hanley était assis en face de nous dans l'abri, et il nous regardait d'un air sinistre, sous son casque. Tandis que nous attendions que les autres reviennent et que la nuit tombe, le sergent est resté assis là, sans dire un mot, se contentant de regarder fixement Charlie. Il y avait de la haine, une haine froide dans ses yeux.

À la tombée du jour, nous n'avions toujours aucune nouvelle de Pete ni d'une douzaine d'hommes qui étaient sortis avec le sergent pour porter cette attaque inutile. Hanley a décidé qu'il était temps d'y aller. Et dans l'obscurité de la nuit, par petits groupes de deux ou trois, le reste de la compagnie a rampé jusqu'à nos tranchées à travers le no man's land, Charlie me traînant et me portant tour à tour pendant tout le trajet. Étendu sur un brancard, au fond de la tranchée, j'ai vu que Charlie était emmené et mis aux arrêts de rigueur. Ensuite, tout s'est passé très vite. Nous n'avons pas eu le temps de nous dire au revoir. Ce n'est qu'après son départ que je me suis rappelé la promesse que je m'étais faite dans mon rêve, et que je n'avais pas tenue.

On ne m'a pas laissé le revoir pendant six autres semaines. Dans l'intervalle, la cour martiale avait siégé, la sentence de mort avait été prononcée, puis confirmée. C'était tout ce que je savais, tout ce que nous savions, les uns et les autres. J'ignorais complètement comment les choses s'étaient passées jusqu'à ce que j'aie été enfin autorisé à le voir, hier. Il était détenu au camp Walker. Le garde de faction dehors m'a expliqué qu'il était désolé, mais que je ne disposais que de vingt minutes. «Ce sont les ordres», a-t-il ajouté.

C'est une écurie – et l'odeur en est restée – avec une table et deux chaises, un seau dans un coin, et un lit le long d'un mur. Charlie est couché sur le dos, les mains sous la tête, les jambes croisées. Il s'assied dès qu'il me voit, et m'accueille avec un grand sourire.

– J'espérais que tu viendrais, Tommo. Je ne pensais pas qu'ils te donneraient l'autorisation. Comment va ta tête ? Entièrement réparée ?

– Comme neuve, lui dis-je, essayant de lui répondre avec le même entrain.

Puis nous sommes debout là, il me serre dans ses bras, et je ne peux m'empêcher de pleurer.

– Je ne veux pas de larmes, Tommo, me chuchote-t-il à l'oreille. Ce sera assez difficile comme ça, pas la peine d'ajouter des larmes.

Il m'écarte légèrement de lui.

– Compris ?

J'acquiesce d'un hochement de tête, incapable de parler.

Il a reçu une lettre de chez nous, de Molly, qu'il doit me lire, me dit-il, parce que ça le fait rire et qu'il en a bien besoin. C'est surtout au sujet du petit Tommo. Molly écrit qu'il apprend déjà à souffler avec sa bouche pour faire de drôles de bruits, qui n'ont rien à envier en force et en grossièreté à ceux que nous faisions quand nous étions plus jeunes. Elle raconte que le soir, pour l'endormir, Big Joe lui chante *Oranges et Citrons*, bien sûr. Elle finit en nous embrassant et en espérant que nous allons bien tous les deux.

– Elle ne sait pas ?

– Non. Et elle ne saura pas jusqu'à ce que tout soit fini. Ils lui enverront un télégramme. Ils ne m'ont pas laissé écrire à la maison jusqu'à aujourd'hui.

Quand nous nous asseyons autour de la table, il baisse la voix, et nous nous mettons à parler tout doucement.

– Tu leur diras ce qui s'est vraiment passé, n'est-ce pas, Tommo ? C'est la seule chose qui compte pour moi, désormais. Je ne veux pas qu'ils pensent que je suis un lâche. Je ne veux pas. Je veux qu'ils sachent la vérité.

– Tu n'as pas expliqué ce qui s'est passé à la cour martiale ?

– Bien sûr que si. J'ai essayé du mieux que je pouvais, mais il n'est pire sourd que celui qui ne veut pas entendre. Ils avaient leur témoin, le sergent Hanley, et ils n'avaient besoin de rien d'autre. Ce n'était pas un procès, Tommo. Ils avaient décidé que j'étais coupable avant même de s'asseoir. Ils étaient trois, un général de brigade, et deux capitaines, qui me regardaient avec un mépris ! Comme si j'étais un vrai déchet. Je leur ai tout raconté, Tommo, exactement comme ça s'est passé. Je n'avais à rougir de rien, n'est-ce pas ? Je n'avais donc rien à leur cacher. Alors je leur ai dit que, oui, j'avais désobéi à l'ordre du sergent, parce que c'était un ordre stupide, suicidaire – nous savions tous que ça l'était – et que de toute façon, je devais rester là pour m'occuper de toi. Ils savaient que plus d'une douzaine d'hommes ont été abattus dans cette opération, que personne n'a jamais atteint ne serait-ce que les barbelés allemands. Ils savaient que j'avais raison, mais ça n'a rien changé.

– Et les témoins ? Tu aurais dû avoir des témoins. J'aurais pu leur dire, moi. J'aurais pu leur expliquer.

– J'ai demandé que tu viennes, Tommo, mais ils ont refusé parce que tu es mon frère. J'ai demandé Pete, mais on m'a dit que Pete était porté disparu. Quant aux autres, on m'a affirmé que la compagnie avait été transférée dans un autre secteur, qu'ils étaient sur le front et qu'on ne pouvait pas les joindre. Alors ils n'ont entendu que la version du sergent Hanley, ils ont avalé tout ce qu'il leur a raconté, comme si c'était la sacro-sainte vérité. Je crois qu'une grande offensive se prépare, et qu'ils ont voulu faire un exemple, Tommo. Et c'est moi le Chariot – il rit – Charlie, le Chariot. En plus, il y avait mon dossier comme fauteur de troubles, un « mutin fauteur de troubles » comme m'a appelé Hanley. Tu te souviens d'Étaples ? Ma Punition en Campagne Numéro Un pour insubordination grave ? Tout était dans mon dossier. Et mon pied aussi.

– Ton pied ?

– La fois où on m'a tiré dans le pied. Toutes les blessures au pied sont suspectes, ont-ils déclaré. J'aurais pu me l'infliger moi-même, d'après eux, cela arrive tout le temps. J'aurais pu me blesser moi-même pour sortir des tranchées et rentrer au pays.

– Mais ce n'était pas le cas !

– Bien sûr que non. Ils ont cru ce qu'ils avaient envie de croire.

– Il n'y avait personne pour te défendre ? Un officier ou quelqu'un ?

– Je ne croyais pas en avoir besoin. Dis-leur simplement la vérité, Charlie, et tout se passera bien. Voilà ce que je pensais. Comme j'avais tort ! J'ai cru qu'une lettre prouvant ma bonne conduite de la part de Wilkie pourrait m'aider. J'étais sûr qu'ils l'écouteraient, car c'était un officier comme eux. Je leur ai dit où je pensais qu'il se trouvait. La dernière fois que j'avais eu de ses nouvelles, il était dans un hôpital, quelque part en Écosse. Ils m'ont répondu qu'ils avaient écrit à l'hôpital, mais qu'il était mort de ses blessures six mois plus tôt. En tout, la cour martiale a siégé moins d'une heure, Tommo. Une heure pour la vie d'un homme. Ce n'est pas beaucoup, tu

211

ne trouves pas ? Et tu sais ce que le général a dit, Tommo ? Il a dit que j'étais un moins que rien. Un moins que rien. On m'a traité de bien des choses, dans ma vie, et aucune d'elles ne m'a jamais touché, sauf celle-là. Je ne leur ai pas montré, remarque. Je ne voulais pas leur donner cette satisfaction. Ensuite, ils ont prononcé la sentence. Je m'y attendais, désormais. Ça ne m'a pas autant bouleversé que je le pensais.

Je baisse la tête car je sens mes yeux se remplir de larmes. Il me prend par le menton.

– Tommo, dit-il. Regarde les choses du bon côté. Ce n'est pas pire que ce que nous avons affronté tous les jours dans les tranchées. Ce sera vite fait. Et les gars qui s'occupent de moi, ici, sont des types bien. Ils n'aiment pas ça plus que moi. Trois repas chauds par jour. Un homme ne peut pas se plaindre. C'est fini et bien fini, ou ça le sera bientôt de toute façon. Tu veux un peu de thé, Tommo ? On m'en a apporté juste avant que tu arrives.

Assis de chaque côté de la table, nous avons bu une tasse de thé fort et sucré, en parlant de tout ce dont Charlie avait envie . la maison, le pudding au beurre avec des raisins secs dedans et une croûte bien croustillante au-dessus, les nuits au clair de lune où nous allions pêcher des truites de mer dans la rivière du Colonel, Bertha, la bière au *Duke*, l'aéroplane jaune et les bonbons à la menthe

– Nous ne parlerons pas de Big Joe, de Mère, ni de

Molly, dit Charlie, ça me ferait pleurer et je me suis promis de l'éviter.

Il se penche vers moi, soudain grave, et ajoute, en me prenant la main :

– À propos de promesses, celle que tu m'as faite dans l'abri, Tommo. Tu ne l'oublieras pas, n'est-ce pas ? Tu t'occuperas d'eux ?

– Je te le promets, lui dis-je, et je n'ai jamais été plus sincère de ma vie.

– Tu as toujours la montre, alors ? me demanda-t-il, en remontant ma manche. Garde-la en bon état, et quand le moment viendra, donne-la au petit Tommo, pour qu'il ait quelque chose qui vienne de moi. Tu seras un bon père pour lui, comme Père l'a été pour nous.

C'est le moment ou jamais. Il faut que je lui parle maintenant. C'est ma dernière chance. Je lui raconte comment Père est mort, comment c'est arrivé et ce que j'avais fait. Je lui dis que j'aurais déjà dû lui en parler depuis longtemps, mais que je n'ai jamais osé. Il sourit.

– Je le sais depuis toujours, Tommo. Et Mère aussi. Tu parlais en dormant. Tu faisais toujours des cauchemars, et tu me réveillais chaque fois. Mais c'est complètement absurde. Ce n'est pas ta faute. C'est l'arbre qui a tué Père, Tommo, ce n'est pas toi

- Tu es sûr ?

– J'en suis sûr. Absolument.

Nous nous regardons, et nous savons qu'il ne nous

reste plus beaucoup de temps. Je vois un éclair de panique dans ses yeux. Il sort quelques lettres de sa poche et les pousse sur la table.

– Tu veilleras à ce qu'ils les aient, Tommo ?

Nos mains se serrent fort au-dessus de la table, nous appuyons nos fronts l'un contre l'autre et fermons les yeux. J'arrive à lui dire ce que je voulais depuis un moment.

– Tu n'es pas un moins que rien, Charlie. Ce sont ces salauds qui ne valent rien. Tu es le meilleur ami que j'aie jamais eu, la meilleure personne que j'aie jamais connue.

Charlie se met à fredonner doucement, je reconnais aussitôt *Oranges et Citrons*, bien que ce soit un peu faux. Je fredonne avec lui, nos mains se serrent plus fort, tandis que notre chant monte peu à peu. Et maintenant, nous chantons, nous chantons à pleine voix pour que le monde entier nous entende, et nous rions en chantant. Les larmes viennent, mais ça n'a pas d'importance, car ce ne sont pas des larmes de tristesse, mais des larmes de célébration. Lorsque nous avons fini, Charlie dit :

– C'est ce que je chanterai demain matin. Ce ne sera pas *Dieu sauve ce foutu Roi*, ni aucun hymne ou chant patriotique… Ce sera *Oranges et Citrons*, pour Big Joe, pour nous tous.

Le garde entre pour nous signifier la fin de la visite. Alors, nous nous serrons les mains comme des étrangers. Nous ne trouvons plus rien à nous dire.

Je retiens notre dernier regard, je veux le retenir à jamais. Puis je fais demi-tour et je le quitte.

Quand je suis revenu au camp hier après-midi, je m'attendais à retrouver la compassion des autres, les visages allongés et les regards qui se dérobaient des jours précédents. Mais j'ai été accueilli par des sourires et la nouvelle que le sergent Hanley était mort. Il avait été tué, m'ont-ils raconté, dans un accident absurde, soufflé par une grenade dans un champ de tir. Il y avait donc une justice, enfin une sorte de justice, mais c'était arrivé trop tard pour Charlie. J'espérais que quelqu'un au camp Walker en entendrait parler et l'apprendrait à Charlie. Ce serait une bien maigre consolation pour lui, mais ce serait quand même quelque chose. Toute la joie que j'éprouvais à cette nouvelle, ou que nous éprouvions tous, s'est peu à peu transformée en une morne satisfaction, puis a disparu complètement. Le régiment semblait morose et, comme moi, absolument incapable de penser à autre chose qu'à Charlie, à l'injustice qu'il subissait, et à ce qui l'attendait inévitablement le lendemain matin.

Nous sommes cantonnés depuis une semaine environ autour d'une ferme vide, à moins d'un kilomètre et demi du camp Walker où Charlie est prisonnier. Nous attendons de rejoindre les tranchées plus loin sur le front, vers la Somme. Nous dormons sous des tentes coniques, et les officiers sont logés dans la ferme. Les autres soldats font de leur mieux pour me rendre les choses plus faciles. Je vois dans chaque regard, dans celui des sous-officiers et des officiers aussi, à quel point ils comprennent ce que je ressens. Mais si gentils qu'ils soient, je ne veux pas de leur sympathie ni de leur aide, je n'en ai pas besoin. Je désire simplement être seul. Tard le soir, je prends une lampe, je sors de la tente et me rends dans cette grange ou ce qu'il en reste. On m'apporte des couvertures, de la nourriture, et on me laisse face à moi-même. Les autres comprennent. L'aumônier vient me voir, il essaie de faire ce qu'il peut. Il ne peut rien faire. Je le renvoie. Et maintenant je suis là, au bout de cette nuit qui est passée si vite, avec la montre qui trotte vers six heures. Lorsque l'heure viendra, je sortirai, et je lèverai les yeux au ciel car je sais que Charlie fera la même chose quand ils l'emmèneront. Nous verrons les mêmes nuages, sentirons la même brise sur le visage. Ce sera au moins une façon d'être ensemble.

Six heures moins une

J'essaie de fermer mon esprit à ce qui arrive en ce moment même à Charlie. J'essaie simplement de penser à Charlie tel qu'il était à la maison, tels que nous étions tous. Mais je ne vois que des soldats qui emmènent Charlie. Il ne trébuche pas. Il ne se débat pas. Il ne crie pas. Il marche la tête haute, exactement comme il l'avait fait après avoir reçu les coups de canne de Mr. Munnings. Peut-être qu'une alouette s'envole, ou qu'un grand corbeau tournoie dans le vent au-dessus de lui. Le peloton d'exécution attend, au repos. Six hommes, avec leur fusil chargé, prêts à tirer, et qui n'ont qu'une envie, en avoir vite fini. Ils vont tuer l'un des leurs, et c'est comme un meurtre, pour eux. Ils évitent de regarder Charlie en face.

Charlie est attaché à un poteau. L'aumônier récite une prière, fait le signe de croix sur son front et s'en va. Il fait froid, à présent, mais Charlie ne frissonne pas. L'officier, le revolver au poing, regarde sa montre.

Ils veulent mettre un capuchon sur la tête de Charlie, mais il refuse. Il lève les yeux au ciel et adresse ses dernières pensées vivantes à la maison.

– Présentez armes ! Prêts ! Tirez !

Il ferme les yeux et, en attendant, il chante doucement :

– *Oranges et Citrons, disent les cloches de Saint-Clément…*

Je chante avec lui à mi-voix. J'entends la salve retentir. C'est fait. C'est fini. Avec cette salve, une partie de moi-même est morte avec lui. Je retourne à la solitude de ma grange, et je m'aperçois alors que je suis loin d'être seul avec ma douleur. À travers tout le camp, je les vois, tous au garde-à-vous devant les tentes. Et les oiseaux chantent.

Je ne suis pas seul cet après-midi non plus quand je vais chercher ses affaires au camp Walker, et regarder où il a été enterré. Il aimerait cet endroit. Il a vue sur une prairie détrempée au fond de laquelle un ruisseau coule doucement sous les arbres. On me dit qu'il a marché, un sourire aux lèvres, comme s'il allait faire une promenade matinale. On me dit qu'il a refusé le capuchon, et qu'il semblait chanter en mourant. Six d'entre nous qui étaient dans l'abri ce jour-là veillent sur sa tombe jusqu'à la tombée de la nuit. Nous disons tous la même chose en partant.

– Au revoir, Charlie.

Le lendemain, le régiment marche sur la route en direction de la Somme. C'est la fin du mois de juin, et on nous annonce qu'il va bientôt y avoir une puissante offensive, à laquelle nous allons participer. Nous les repousserons jusqu'à Berlin. Ce n'est pas la première fois que j'entends ça. Tout ce que je sais, c'est que je dois survivre. J'ai des promesses à tenir.

Post-scriptum

Au cours de la Première Guerre mondiale, entre 1914 et 1918, plus de deux cent quatre-vingt-dix soldats des armées britannique et du Commonwealth ont été exécutés par des pelotons d'exécution, certains pour désertion et lâcheté, deux d'entre eux simplement parce qu'ils s'étaient endormis à leur poste. Un grand nombre de ces hommes, nous le savons maintenant, étaient traumatisés par ce qu'on appelle « le choc de l'obus ». Les cours martiales siégeaient rapidement, les accusés étaient souvent privés de défenseur. Jusqu'à présent, l'injustice qu'ils ont subie n'a jamais été officiellement reconnue. Le gouvernement britannique continue de refuser d'accorder un pardon posthume.

En France, il y a eu environ six cents fusillés. Quelques-uns, considérés comme victimes d'erreurs judiciaires ou de jugements indignes ont été réhabilités dans les années 1920-1930. En novembre 1998, à Craonne, Lionel Jospin, alors Premier ministre, a prononcé un discours en faveur d'une « réintégration dans la mémoire nationale » des fusillés pour l'exemple. Aucune disposition en ce sens n'a été prise à ce jour. (N.d.T.)

Michael Morpurgo

L'auteur

Michael Morpurgo est né en 1943 à St Albans, en Angleterre. À dix-huit ans, il entre à la Sandhurst Military Academy puis abandonne l'armée, épouse Clare, fille d'Allen Lane, fondateur des éditions Penguin, à l'âge de vingt ans, et devient professeur. En 1982, il écrit un premier livre, *Cheval de guerre*, qui lance sa carrière d'écrivain. Il a, depuis, signé plus de cent livres, couronnés de nombreux prix littéraires dont les prix français Sorcières et Tam-Tam, et qui font de lui l'un des auteurs les plus célèbres et les plus appréciés de Grande-Bretagne. Depuis 1976, dans le Devon, lui et Clare ont ouvert trois fermes à des groupes scolaires de quartiers défavorisés pour leur faire découvrir la campagne. Ils y reçoivent chaque année plusieurs centaines d'enfants, et ont été décorés de l'ordre du British Empire pour leurs actions destinées à l'enfance. En 2006, Michael Morpurgo est devenu officier du même ordre pour services rendus à la littérature. Il est l'un des rares auteurs anglais à avoir été fait chevalier des Arts et des Lettres en France. Il a également créé le poste de Children's Laureate, une mission honorifique dédiée à la promotion du livre pour enfants, que Quentin Blake, Jacqueline Wilson et lui-même ont déjà occupé. Michael Morpurgo défend la littérature pour la jeunesse sans relâche à travers tous les médias, mais aussi dans les écoles et les bibliothèques qu'il visite en Grande-Bretagne et dans le monde entier, dont la France, qu'il apprécie particulièrement. Père de trois enfants, il a sept petits-enfants.

Le papier de cet ouvrage est composé de fibres naturelles, renouvelables,
recyclables et fabriquées à partir de bois provenant de forêts plantées
et cultivées expressément pour la fabrication de la pâte à papier.

Mise en pages : Maryline Gatepaille

Loi n° 49-956 du 16 juillet 1949
sur les publications destinées à la jeunesse
ISBN : 978-2-07-055790-5
Numéro d'édition : 127160
Numéro d'impression : 102249
Dépôt légal : novembre 2010

Imprimé en France par CPI Firmin-Didot